祝福をもたらす聖獣と彼の愛する宝もの

Toru

透

Ruby collection

Contents

登場人物紹介
ヨアン・オルストン
オルストン侯爵家の次男。
魔法の名門なのに魔法が使えない
『紋なし』のため疎まれてきた。
しかし王宮神殿騎士として
前世で自分の心を
救ったベノアルドと
再会し…？
ベノアルド
王国と契約する白狼の聖獣。
普段は人の姿をとり、
王宮神殿で暮らす。
人を寄せ付けない空気を
纏う高貴な存在と畏怖されて
いるが、ヨアンだけは
溺愛。

マリウス・
カヴァラス
カヴァラス公爵家嫡男。
若くして騎士団で
隊長を務める。
ヨアンとは幼馴染みで、
唯一愛情を
傾けてくれた人。
エニス・
イングル
イングル伯爵家の子息。
最上位の星形六角紋持ち。
聖獣の伴侶候補として
神殿上層部が
認めている存在。
メナール
平民出身の神殿騎士。
陰湿な虐めをする
貴族騎士に反感を
持っており､紋なしの
ヨアンの味方を
してくれる。
神殿長
神官と神殿騎士を
束ねる長。
人を区別しない公平な
人物と思われているが、
その本心は…？
謎の少年
ベノアルドと
アレイジム王国の契約に
かかわる重要な
鍵を握る人物

祝福をもたらす聖獣と彼の愛する宝もの

＃現代

それは、奇妙な夢だった。

夢だとわかるのに、音があり、匂いがあり、色がある。

ざわめきと表現するしかない音の氾濫《はんらん》。ずっと燻《いぶ》されているような匂い。見慣れない建物がひしめき合い、灰色の空は低く狭い。

その光景を知っていた。

そう――あれはビル、デパート。車と信号機。聞こえる軽快な音の調子が変わり、留《とど》まっていた人波が一斉に動き出す。

都会、と呼ばれる街の一角だ。

見下ろせば黒いアスファルト、小さな足。まだ細い子どもの腕。背負ったランドセルの重みに気づいて、学校帰りだったと思い出す。

状況も経緯もわかるのに、これは誰かの夢の中だなと感じていた。

(夢――なのかな)

すれ違う人たちはみんな無機質な表情で、誰も自分に気づかない。透明人間になった気分だ。

夢だからこちらが見えないのか、けれどいつもこうだった、とも思う。

学校でも町でも、自分に話しかける人はいない。クラスの子が「気持ち悪い」と話すのを聞いたことがある。自分の何が相手を不快にさせるかわからないけど、殴られるよりはマシだった。

(殴られる……)

ああ、帰りたくない。でも、帰らなきゃ。

足取りは重い。わざわざ遠回りして帰るほど、家では気の休まるときがないから。

夢の中の少年が、何を憂えているのかわかる。とぼとぼと小さな一歩を重ねるうちに、いつしかその少年は自分自身になっていた。

(帰りたくないな……。お母さん、今日は優しいといいな……)

母は機嫌のいいときと悪いときの落差が激しい。原因もきっかけも彼女次第。黙って宿題をしているときに怒鳴られることもあるし、こぼしたご飯に呆《あき》れて笑うだけのときもある。

毎日顔色を窺《うかが》ってばかりで、それでも自分にとっては唯一の家族だ。母のことが好きだし、母がいなければ生きていけない。

笑って名前を呼んでもらえたら、それだけで嬉《うれ》しいのに……。

(……なまえ……)

そういえば、自分の名前はなんだっただろう。

思い出せそうで思い出せない。気づけば立ち止まっていて、あれ、と首をかしげる。

ここはどこだっけ。どこへ行こうと——そうだ、学校の帰り道だ。家に帰らなきゃ……。

ぼんやりと考えながら、また歩き出す。けれど数歩歩いたところで、視線を感じて立ち止まった。

顔を上げたその先に、人がいる。目が合って、きょとんと目を瞬いた。

（ガイジンだ）

一目でそうとわかる容貌《ようぼう》だった。

長身の男性だ。短い白銀の髪はくせがあるのか、ゆるくうねって額にこぼれている。そこから覗《のぞ》く青い瞳《ひとみ》が、晴れた空のようなあたたかい眼差《まなざ》しでこちらを見つめていた。

襟がひらひらして女の子の服みたい、と思ったが、珍しいデザインの服は男にとても似合っている。まるで王様のようだと見惚《みと》れてしまった。

「道に迷ったのか？」

落ち着いた低音の声に、どきどきと胸が騒ぐ。

多民族が集まる町とはいえ、異質なのは男のほうだ。迷子を疑うべきはあちらなのに、不思議と違和感を覚えない。

「なぜおまえは、そんなに寂しい顔をしているのだろう」

そんなことを言われたのははじめてだった。近所の大人は関わりたくないと目を逸《そ》らし、学校の先生だって声をかけてこない。

それが当たり前だったから、男の言葉にひどく戸惑ってしまう。

「……お、かあさん、が、怒るかも、しれないから……」

「何か悪いことをしたのか？」

ふるふると首を振った。でも、と俯《うつむ》く。

本当は悪いことをしているのかもしれない。だから母は怒るのだ。わからない自分が悪い。

ぐっと歯を食いしばると、目の前に男が膝《ひざ》をついた。はっと視線を上げる。足音は聞こえなかった。

憂いを帯びた眼差しが、じっとこちらを見つめている。

「幼子《おさなご》にとって、親は世界そのものだろう。今世のおまえは、随分と息苦しい世界を生きているものだ」

「……？」

言っている意味が理解できない。ぽかんと口を開く自分に微笑《ほほえ》みかけ、男がそっと手を差し出す。

その指先がつまむのは、小さな指輪だった。

「これは契約の欠片《かけら》」

腕を取られ、手のひらに落とされる。透き通る青が、まるで彼の瞳のようで目が離せなかった。

「お守りだ。といっても、この世界ではあまり効果がないかもしれないが……。私はとても遠いところにいるから、今はこのくらいしか分けてやれない」

申し訳なさそうに眉《まゆ》を寄せる男を、不思議な気持ちで見つめた。

知らない人なのに、なんでこんなにも自分を気遣ってくれるのだろう。

「どうして？」

「おまえは私の宝だから。その魂に、心に、わずかの傷もつけたくはない」

傷。この指輪を持っていたら、怪我《けが》をしなくなるのかな。

だがそう思う以上に、『宝』という言葉が胸に響いた。自分を宝ものだと言ってくれる人なんていなかったから。母ですら、最近は疲れた顔しか見せてくれない。

「あ……り、がとう」

「ああ」

愛《いと》しげに細められる眼差しが慣れなくて、直視できずに俯いてしまう。でも手のひらの指輪も彼の瞳だった。こっちは照れずに見つめられる。

(また、会えるかな)

遠いところと言ったけど、いつまでここにいるんだろう。また会いたい。今はどこに住んでるのかな、うちからは近いのかな。

早く聞かないと、行ってしまう。

「……っ、これは」

思い切って息を吸い込むと同時。耳に届いた焦りのような声に、どきりとする。

「え……」

けれど慌てて顔を上げたとき、そこには誰もいなかった。

立ち去る音すらなく、まるでその場から消えてしまったように。はじめからいなかったかのように。

手のひらに残された指輪だけが、男のいた証《あかし》だった。


——それから、何年経《た》ったのか。

ごうごうと燃える炎を、ぼんやりと眺めていた。何度も殴られ蹴られた体が痛みを訴え、這《は》って動くこともできない。

母の新しい恋人は暴力的だった。

強い男が私にだけ優しいの、と母はすっかり男に溺《おぼ》れている。子どもは金がかかるばかりだと、男の不興を買う息子を、母も次第に疎んじるようになっていた。

知っている。母が愛するのは自身だけ。

我が子は、気の毒な自分を演出するための小道具でしかなかった。

だから。「子どもが火遊びしたことにしようぜ」と男が火をつけても。「焼けてしまえば痣《あざ》なんてわからない」と、動けなくなるまで殴っても。

母は、離れた場所で薄ら笑いを浮かべるだけだった。

(このまま、死ぬのかな……)

あの日から肌身離さず持っていた指輪を探り出す。見つかったら取り上げられるかもと心配で、いつもポケットの中に忍ばせていたそれを。

痛みに軋《きし》む腕をなんとか動かして、つまんだ指輪を目の前に持ってきた。

お守りの効果はいまいちわからないままだったけど、自分にとっては確かに心の支えで、拠《よ》り所だった。たった一度話しただけの男の声を、今も鮮明に覚えている。

『おまえは私の宝だから』

つう、と涙が流れた。

母に見捨てられても心は動かなかったのに、今は無性につらくて悔しい。

（……あの人の宝もの、守れなかった……）

ごめんなさい。

ぎゅっと胸元に抱え込んだ指輪はあたたかい。じんわりと溶けだして、体中を包み込むようだった。

まるで、誰かの体温に抱きしめられているような。

髪を焦がす熱にうっとりと身を任せ、少年はそっと目を閉じた。

紋なしのヨアン

ごう、と眼前に炎が迫る。

咄嗟《とっさ》に顔を背ければ、頬を焼き、炎は背後の壁にぶつかった。

「ヨアン！」

ひりつく痛みに我に返り、周囲を見渡す。

遠くに見えるのは城だ。王の宮殿。アレイジム王国。

ここは王宮敷地内にある騎士団宿舎の裏庭だ。庭といっても広大な王宮敷地内。訓練にも使われる場として手入れされ、森林公園のような景色が広がっている。

前方には三人の男たち。揃《そろ》ってどこか別の方向を見て、顔を引《ひ》き攣《つ》らせている。全員名前も知らないが、先ほどまでこちらに因縁をつけていた相手だ。稽古《けいこ》と称して、人を的に魔法の火球を放ってきた。

「ヨアン」

再度名前を呼ばれて顔を上げる。

ヨアン・オルストン。そうだ、これが自分の名前だった。

まるで白昼夢のように見た少年の記憶と、ヨアンとして生きた十八年分の記憶が混ざり合う。ぱちぱちと目を瞬き、走り寄ってきた男へ視線を向けた。

言いかけて顔をしかめる彼は、マリウス・カヴァラス。四つ年上の幼馴染《おさなじ》みだ。

公爵家嫡男であり、若くして騎士団で隊を任されている。いくら鍛えても分厚くならないヨアンと違い、大きな肩幅と十分な筋肉で覆われた体の持ち主。短い黄金の髪と力強く見据える翡翠《ひすい》の瞳が、魅力的な野性味を感じさせる。名実ともに兼ね備えたマリウスは、男女問わず注目を集める存在だった。

「怪我は――」

「カ、カヴァラス隊長。これは……訓練の一環で」

「訓練だと？　防具もつけず魔法も使えない者に、火球をぶつけることが？」

「自主訓練を、あの、王国騎士団の先輩として……」

「彼はまだ卒業前で正式な配属も決まっていない。学生相手に届けもなく訓練とは何事だ？　処罰は免れないと思え」

公爵家かつ騎士団隊長であるマリウスに意見できる者は限られる。

三人の男たちは青褪《あおざ》め、憎々しげにヨアンを睨《にら》んで立ち去って行った。まるでこちらが悪者かのようだが、ヨアンがマリウスを呼んだわけではない。

「あいつら……」

マリウスは彼らの態度に舌打ちするが、これは今にはじまったことではなかった。

この世界は『魔素』と呼ばれるエネルギーに満ちている。魔素を操り様々な現象を起こす能力を『魔法』といい、魔法の燃料と聞けばありがたみもあるが、実は魔素自体は有害なものだ。無防備に身を晒《さら》せば、心身ともに汚染され魔物化してしまう。

人間が理性と知性をもって魔法を駆使できるのは、『聖獣』による祝福があるから。

神の子である聖獣は世界に数体いるとされ、それぞれ力の及ぶ範囲を祝福の地としている。その地で洗礼を受けることで左手の甲に『紋』が現れ、これが魔素の制御装置の役割を果たすのだ。

円の中に一本線が描かれれば一画紋。五本目からは、星形といわれる多角紋に形を変える。紋があることで魔素による汚染を防ぎ、画数が増えるほどに魔法エネルギーへ変換する能力値が高くなる。

つまり魔法を扱うこと自体は祝福の副産物。そのためどれほど素質のない人間だろうとも、必ず最低の一画紋は得られるのが常識だ。祝福が届かない人間はいないはず、だった。

――ヨアンという例外を除いて。

「ヨアン。また黙ってやられていたのか。侯爵家の人間ならばもっと毅《き》然《ぜん》としていろ」

マリウスが腕を伸ばして、ヨアンの右頬を指の背で撫《な》でた。

その指についた血と引き攣るような痛みに、傷ができていたことを知る。

「俺は回復魔法は使えないんだ」

「大丈夫です、このくらい……」

袖《そで》で拭《ぬぐ》えば思った以上に汚してしまったが、それでもたいしたことではない。マリウスが「また」と言ったように、ヨアンは常に悪意に晒されていた。

ヨアンは『紋なし』だ。

左手を包む手袋。その下に隠された手の甲には、蔦《つた》が絡まったような歪《いびつ》な形の円があるだけ。円の内側には一画もなく、魔法はいっさい使うことができない。

一部の口さがない者は「魔物の子ではないか」と噂《うわさ》するが、魔素の塊である魔物は人間以上に効率よく魔素を扱う。対照的なヨアンは、ただの無能ということだ。

それでも侯爵家という身分があり、表立っては迫害されずにいる。

だが、この身分も問題だった。オルストンは常に多角紋を輩出する魔法の名門家。直系である父も兄も五角紋を持っている。そんな中でヨアンの『紋なし』は深刻な事件だった。ヨアンは実家にさえ身の置き所がなく、家門の恥とまで詰《なじ》られている。

だからこうして爵位で劣る家の子息にまで侮られるのだ。

「おまえは劣等感から諦念《ていねん》を抱いているが、今も魔物化していないことが祝福の証明だろう」

マリウスはいつもヨアンを気にかけてくれる。家族に見向きもされないヨアンにとって、かけがえのない存在だ。

線はなくとも紋はある、紋なしではなくその形に意味があるはずだと、何度も慰められた。

けれど、当たり前に持つ者が、持たざる者の気持ちを理解することなどできるはずがない。ヨアンはマリウスの優しさに慰められながら、時に「多角紋だから言えるのだ」と煩わしさを感じることもあった。マリウスの手にあるのは最上位とされる星形六角紋。彼のような最強の魔法士であっても、紋なしの意味を証明することはできないのだ。

「侯爵家の人間を貶《おとし》めるなど、本来なら考えられないことだ。おまえが何も言わないことも問題だぞ」

「そうですね」

「……ん？」

これも何度となく言われてきたことだ。家族からどのような扱いを受けていようと、ヨアンがオルストンであることは事実。堂々としていればいいのだと。

もっともだと頷《うなず》いたヨアンに、マリウスの視線が突き刺さる。

同意が返ってくるとは思わなかったようだ。これまでのヨアンなら、「ご迷惑をおかけして申し訳ありません」と、殊勝に謝るだけだったから。

「私もそう思います。オルストンとして黙っているわけにはいきません。マリウス様、お力添えいただけますか。事実を認めていただくだけでいいのですが」

「もとよりそのつもりだが……」

戸惑うように頷きながら、マリウスは首をかしげている。

けれどヨアンは、まるで視界が晴れるような心地だった。

つい先ほどまで紋なしの自分を恥じていた。毒を含んだ言葉たちは、どれも言いがかりではなく事実だったから。せめて家門に迷惑をかけないようにと、ひたすら耐えるしかなかったのだ。家族に嫌われていても、オルストンである以上は家門の名誉を守らねば。そんな貴族らしい考えを持っていた。

けれどあの白昼夢――、あれは前世と呼べるものだろうか。

誰かの記憶であり、自分自身の記憶。その経験や価値観が今のヨアンと無理なく混ざっている。周囲に馴染《なじ》めず孤立していたが、明確な身分差はなかった。母子家庭で貧しくても、大きな不足なく生活できる平和な国だった。十数年分の記憶しかなくても、平等の意味を知っている。

家門や家族にこだわる気持ちは、すっかり薄れていた。

（オルストンの名誉が失墜したところで、困るのは俺じゃない）

そもそもヨアンのせいで家門が傾くなら、とうに捨てられていただろう。ヨアンは二男で、侯爵家を継ぐのは五角紋の兄と決まっている。オルストンの特徴である青みがかった黒髪と、父に似た切れ長の翠眼《すいがん》だったことも幸いした。洗礼を受けるまでは両親に溺愛《できあい》されていたため、不義の子だとかでたらめの理由も作れない。魔物と断定でもされない限り、安易に始末することもできないのだ。

（名誉だとか恥だとか、そんなものにこだわっても腹は膨れない。誰も感謝なんてしてくれない）

けれど、今はまだこの身分がものをいう。ここはそういう世界だ。

言われっぱなしで傷まで負う理由なんてどこにもない。さらに高位貴族のマリウスが後押ししてくれるのに、何をためらう必要があるだろうか。

◇◇◇

あれから五日。学園では日課のように侮蔑《ぶべつ》の言葉が耳に届き、三度呼び止められて直接暴言を吐かれた。これまでにない頻度だが、どうも先日の一件が影響しているらしい。

ヨアンが騎士団へ訴える前に、マリウスが早々と三人の騎士たちに厳重処分を下してしまったのだ。

そのため「魔物もどきが公爵家嫡男に取り入って」と、嫌味たらしく噂される。

ただこれを発言する者らは、ヨアン自身の身分を失念している。マリウスとの仲も昔からなので、今さら取り入るもなにもない。知っているくせに、理解ができていないのだ。

「名門オルストンも地に落ちたな」

「オルストン侯爵殿もお気の毒に」

せめて貴族らしく言葉を繕えばいいものを、彼らはヨアンだけでなくオルストンの名を持ち出した。

これまでは自分が言わせたのだと己を恥じたが、彼らこそが意図せずともオルストンの名誉を傷つけている。そう考えをあらためれば、周囲を黙らせることは簡単だった。

「卿《けい》らは、オルストンにはもはや名誉などないと考えるんだな」

相手が家名を持ちだすなら、ヨアンもそうするだけだ。「そんなことは言っていない」と反論する相手には、会話を録音した魔法道具を見せるだけ。それで全員黙り込む。

ヨアン個人に価値はなくても、侯爵家を侮辱したとなれば話は別だ。

この反撃が功を奏したのか、ヨアンの耳に届く不快な言葉は激減した。

（魔法が当たり前すぎて、科学技術の進歩がないんだな……）

録音魔法が付与された魔法石を指でもてあそび、ヨアンは興味深く眺める。

卒業を明日に控えて学生寮を引き払う準備をしていたが、半日もかからず終えてしまった。がらんとした室内には少しの荷物と、備え付けの家具が並ぶばかり。そうして部屋を見回してみれば、室内灯も快適な気温を保つ空調も、すべて魔法石によるものだ。

魔法がない世界を知った今、ヨアンは紋なしであることに不便を感じなくなった。

以前は魔法そのものに劣等感を抱いて、魔法講義などは教科書を開くのも辛《つら》かった。だが、異世界なら電化製品に触れたくないと言うようなものだ。当たり前に生活に溶け込んでいて、その意味ではこちらの世界も大半の人間が消費者の立場にすぎない。避けるなんて無理があるし、それよりも今は純粋に羨《うらや》ましいと感じる。アニメの登場人物に憧《あこが》れる少年の気持ちとでもいうのか。これは前世を思い出した影響だろう。

もし魔法が使えたらと、考えてしまう。

(炎のオーラをまとった剣なんてかっこいいな)

一騎当千の派手な魔法を使ってみたい。戦いたいのではなく、魔法を使う感覚を味わってみたい。できるなら派手なほうがいい。夢ではなく実現できる世界なのに。そうと思えば紋なしは残念すぎる。レアはレアでも唯一の落ちこぼれでは、締まらない。

(以前はどうしてこんなふうに考えられなかったんだろ……。無理だな、オルストンの矜持《きょうじ》が許さない)

テーブルの上、放置したままの手紙を見下ろす。実家のオルストンから届いたものだ。

近々こうなるだろうとは思っていた。家族から疎まれているヨアンが、家名をひけらかすのだ。侮辱を受けたからという、本来正当なはずの言い訳は通用しない。

（今度こそ除籍されるかな。……そうなってもかまわないけど）

使用人でさえ声をかけてこないヨアンでも、生活基盤は貴族社会にある。以前は周囲の落胆と侮蔑のすべてが、『貴族として』のヨアンを苦しめた。この生活が崩れることに怯《おび》えていた。

けれど前世の記憶が、身分差のない暮らしを教えてくれる。

貴族の常識が消えてしまえば、除籍はむしろ大歓迎だ。誰も自分を知らないところに行って一からやり直すというのは、妙案のように思えた。平民の暮らしには疎く、前世も少年時代の記憶しかないのは頼りない。だが悲観する気持ちはなかった。

あの頃より年を重ねたし、騎士の訓練を受けて力もある。今度は、自分から家族を捨ててしまおう。

手紙はそのままに、窓の外へ視線を投げる。ガラスに映り込む自身の顔を覗《のぞ》き込めば、黒髪の不愛想な顔が近づいた。右頬にそっと触れて、目を細める。

五日前、マリウスの指を染めるほど出血していた傷。今はすっかり癒えて痕《あと》もわからない。回復魔法をかけてくれる相手はいないため、自然治癒で治ったということだ。

昔から傷の治りは早かった。これも魔物もどきと言われる理由の一つではある。

（……そういえば、前世も痛みに強かったな。擦り傷程度ならすぐに治ってた）

最後の日は立ち上がれないほど痛めつけられたが、子どもがあれほどの傷を負って意識を保っていたのだ。十分頑丈だったといえる。ならば同じように頑丈な今世のヨアンは、あの少年からの地続きなのだろうか。

（……そうだといいな。あの人が宝と言ってくれたものと、少しでも繋《つな》がりがあれば……）

交わした会話のほとんどは覚えていないが、愛しげに細められた青い瞳《ひとみ》と、『宝』という言葉は忘れられない。

だからこそ、胸が痛む。大切にしなければいけなかったのに。

最後は諦《あきら》めてしまった少年を知れば、『あの人』はがっかりしただろうか。ただの旅行者のようにも思えない彼は何者だったのだろう。今となっては確かめるすべもない。

ヨアンにとって唯一、決して手の届かない未練に気づいてしまっただけ。

◇◇◇

卒業式後、ヨアンは誰と会話を交わすこともなく、まっすぐ王都のオルストン侯爵邸へと戻ってきた。家令に案内された書斎で待つのは、侯爵である父と、兄のアルビー・オルストン。

三つ年の離れたアルビーは、星形五角紋の持ち主だ。稀少《きしょう》な六角紋ほどではないが上位の魔法士であり、その実力に高い自負を持っている。彼にとって紋なしは人間の恥。入室したヨアンを見てあからさまに顔を歪《ゆが》める態度など、まるで汚物を見つけたかのようだった。

「オルストンの名で、他家の子息たちを脅していると耳にしたが」

「彼らがオルストンの名を侮辱したのです」

侯爵の問いかけに淡々と応じる。学園に通う三年間でも、数えるほどしか顔を合わせなかったヨアンに対する第一声がこれだ。

事情も把握しているだろうに、酌量なくヨアンの行いを責め立てる。

「侮辱される原因がおまえにあるからだろ」

吐き捨てるようなアルビーの言葉を聞き流す。

身分と才能に恵まれたアルビーだが、完全に魔法頼りで肉体を鍛えることは怠ってきた。そのため、縦に伸びたヨアンと違い贅肉《ぜいにく》が多く背も低い。並べば視線が下がるのは当然なのに、それすら気に食わない兄は目が合うたびに「紋なしが偉そうに見下ろすな」と罵《ののし》ってくる。

(俺の存在自体を憎むこの人たちに、何を言っても無駄だ)

ヨアンに彼らを責める気持ちはない。それほどまでに『紋なし』は、衝撃的で不名誉なことなのだ。この世界の常識であり、正常な反応だ。異常を憐《あわ》れみ抱きしめる親もいるのだろうが、家名を背負う高位貴族に望める話ではない。

「王国騎士団への配属は、正式には決まっていないな?」

「――はい」

続く父の言葉には、身構えながら小さく頷いた。

ヨアンの扱いに困っているのは、オルストンだけではない。王国騎士団も同様だった。

学園の騎士科を卒業した貴族子息たちは、例外なく王国騎士団に配属される。例外といっても本人の辞退であったり、問題行動があった場合だけだ。

ヨアンは魔法を使えないが、一画紋の騎士でも実戦部隊ではほぼ役に立たない。その場合は事務仕事か、隊の後方で補給活動を任されることになる。それも重要な役目だし、戦う手段は魔法だけに限らない。だからこそヨアンは剣術の稽古《けいこ》に力を入れて、それなりの成績を得てきた。誰にも負けないとは言わないが、教師がしぶしぶ十段階評価のうち上級の八判定をつけるほどには扱える。

そのため王国騎士団は頭を抱えるのだ。

紋なしは異常、だが騎士として一画紋との違いはさほどない。それどころか、並み居る一画紋と比べても剣術は遜色《そんしょく》なく優秀。さらに公爵家嫡男マリウス・カヴァラスが推薦し、本人も侯爵家出身となればケチのつけようがない。

通常であれば、卒業前には所属部隊まで決まっている。

けれどヨアンは適性判断の材料不足などと言われて、いまだに試験と面談を繰り返すばかりだった。卒業式を終えても、辞令は届いていない。

先日の事件も面談の帰り道で、心配したマリウスが探してくれたおかげであの程度で済んだのだ。

「おまえは王宮神殿騎士となることが決定した」

「――え?」

続いて告げられた言葉に、ヨアンははっと顔を上げる。

くふと笑う声が耳に届き、思わずアルビーへ視線を投げた。いつもなら顔をしかめる兄は、にやにやと薄ら笑いを浮かべてその視線を受け止めている。

王宮神殿。王宮と隣接する、アレイジム王国最大規模の神殿だ。

神殿は神を祀《まつ》り信仰する場だが、この国の王宮神殿には『聖獣』が住む邸宅としての役割がある。

聖獣とは、神が人間を守るために創造した子。魔素という毒に耐えるために遣わされた存在だ。

世界に数体いる聖獣は、それぞれ選んだ人間と契約を結び、居所と定めた地を中心に祝福をもたらす。聖獣に国境は関係ないため複数の国にまたがることもあり、祝福が届かなければ他国に頼るしかない。これらが統治権に少なくない影響を与えるため、国力の証明とも言われている。アレイジム王国はそうした大国の一つということだ。

当然のことながら聖獣が住む王宮神殿は国の重要機関であり、王家の予算で運営されている。

（王宮神殿騎士といえば、聖獣の世話役だ、けど……）

神殿という組織の中には神官もいるが、王宮神殿で働く者の大半は神殿騎士だ。

それはこの地に聖獣が降り立った千二百年前。アレイジム王国が聖獣と契約した際に、一人の騎士を世話役につけたことがはじまりと言われる。

名誉ある役目のようだが、現実は程遠い。

王国史によると、千二百年前に初代アレイジム王と契約を結んだ聖獣は、大層気難しかったという。

唯一心を許したのは国王と一人の騎士。その二人の願いを聞き入れてアレイジムを祝福の地と定めたものの、聖獣は人前に出ることを拒んだ。

さらに五十年も経たないうちに、深い眠りに落ちてしまったのだという。

祝福は途切れずもたらされるが、その後に目覚めるのは数十年ごとに数日程度。置物のような聖獣相手となれば、騎士たちはお飾りも同然だった。それでも世界に数体しかいない聖獣から目を離すわけにはいかない。隙をついて他国が奪いに来る可能性はおおいにあり得る。

騎士の数は減らせない。かといって、頻繁に侵入者があるわけもない。

結果、王宮神殿騎士は『暇人集団』と蔑《さげす》まれるまでになってしまったのだ。

（でも今は、もっと別の問題がある……）

今から二十年以上前、転機が訪れた。

千年以上も眠りについていた聖獣が、はっきりと覚醒《かくせい》したのだ。その日以降も深い眠りに落ちることなく寝食を繰り返し、日々の生活を送りはじめたという。

であれば王宮神殿騎士の地位も向上したかといえば、そうとも言い切れないのが現状だった。

長きにわたり、祝福以外に存在を証明できなかった聖獣が起き出したのだ。寝食をするのだから、直接のお世話係が必要になる。そのそばに侍《はべ》るなんて、間違いなく名誉に違いない。神殿騎士を目指そうとする者も少なくなかったという。

けれど聖獣が目覚めて以降、これまで何人もの神殿騎士が逃げ出している。命を落とした者もいるらしい。詳細までは知らない。ただ近年の王宮神殿騎士は入れ替わりが激しく、今では貴族よりも平民出身者が多いのだ――と、ヨアンも侯爵家のパーティーで小耳に挟んだ程度だ。

平民たちには準貴族位と引き換えに準備金が支払われる。金で買ってまで、神殿騎士を集めなければいけないのだ。内部で何が起こっているかは明らかになっていない。だが原因は聖獣ではないか、とはもっぱらの噂だった。

(死ねと言ってるようなものじゃないか)

つまりヨアンは、実質の死刑宣告を受けたも同然だった。

相手が聖獣であれば、それは名誉ある殉職にすぎない。家同士の問題に発展する要素もないし、オルストンには嫡男で多角紋の兄がいる。紋なしのヨアンがどうなろうと痛手はない。

(こうきたか……)

これは除籍よりタチが悪い。

自由を奪われ、神殿に閉じ込められ、そして言葉の通り聖獣に身を捧《ささ》げる。

オルストンにとっては、これ以上なく理想的にヨアンを厄介払いできるというわけだ。

(なんとかして逃げるしかない)

今は逆らうことができない。父に向かって礼を執りながら、ヨアンは強く決意した。

逃げ出す神殿騎士がいるということは、機会は必ずあるはずだ。

たとえ追われる身となっても、死ぬよりはましだった。あの『最期』のときに感じた後悔。すでに終えた前世とはいえ、思い出したからには今度こそ守りぬく。ヨアンだって死にたくはない。

紋なしと疎まれる自分にも生きる理由があるのだと、そう信じる何かが欲しかった。

翌日の早朝、ヨアンははじめて王宮神殿に足を踏み入れた。

神殿区にはメインとなる聖堂の他、騎士たちが生活する騎士館や聖獣の住む神聖堂など、いくつかの施設が建ち並ぶ。

礼拝施設である聖堂は誰にでも開かれているが、ヨアンはこれまで近づいたことがなかった。洗礼を受けたのもオルストン侯爵領にある教会だったので、本当の意味での初訪問だ。まさか神殿騎士になるとは想像もしなかったが。

「ヨアン・オルストン様ですね。お待ちしていました」

礼拝者のように私服で向かえ、とだけ指示されたヨアンのもとに一人の神殿騎士が近寄ってきた。

神殿騎士の制服は薄いスカイグレーに黒のラインが入ったシンプルなものだ。王国騎士団にならって袖《そで》の色で階級を表すが、神殿騎士の場合は隊長以下に区別はなく揃《そろ》って紺色。

ただし平民出身の騎士が増えてきたことで、区別のため貴族騎士の右肩には肩飾りが付けられる。迎えに来た男は平民上がりのようだ。

声を落として挨拶《あいさつ》する彼は、人目を気にして落ち着きのない様子だった。口調こそ丁寧に「ついてきてください」と言われたが、案内人とは思えない態度でさっと身を翻してしまう。神殿騎士と会話をしていれば、それなりに目立つ。私服でと指示されたことからも、どうやらヨアンが王宮神殿に配属されたことを周囲に隠したいらしい。

おそらくだが、マリウスの耳に入ることを警戒しているのだ。

いくら公爵家嫡男といえども、神殿の決定を簡単に覆すことはできない。それでもごねられれば無視もできないので、「すでに本人了承のもと、神殿での暮らしを開始していますよ」と説明したいのだ。

マリウスの助けを期待したわけではないし、すんなり王国騎士になれるとも思っていなかった。

ヨアンを悩ませるのは、何一つ準備も下調べもできなかったことだ。

王宮神殿騎士の行動はどれほど制約されるのか。一人部屋なのか、外出は許されるのか。逃走に使えそうな魔法道具は……。

考える余裕すらなく、ほとんど身一つで来ることになってしまった。

「ここで洗礼を受けていただきます」

「洗礼?」

聖堂の奥にある小部屋に向かいながら、ヨアンは聞かされた説明に眉《まゆ》を寄せる。

この世界の洗礼は入信の儀式ではなく、聖獣の祝福を得ることをいう。人間として生きるために不可欠な手続きだ。生まれてすぐは肉体が不完全のため、五歳から八歳までの間に洗礼を受ける。幼少期はうまく魔法を使えない代わりに、魔素も溜《た》まりにくいらしい。

人から魔物化した場合はより凶悪になるといわれるため、洗礼は世界共通の義務。

当然のことながら、ヨアンも洗礼は受けている。そのために紋なしと蔑まれているわけだが。

不審な思いで案内された部屋へ入ると、中には四人の神殿騎士が待ち構えていた。

（……なるほど）

学園で何度も経験した状況と同じだ。よく見れば、見知った顔もある。

くすんだ金茶の髪を後ろで一つに束ねた男、確か伯爵家子息のケビンという名だったか。学園では一学年上で、不当な扱いを受けるヨアンを庇《かば》ってくれたこともある。だが結局は、自身が優位に立ちたいだけの男だった。

にやにやと意地悪く口元を歪ませる彼らを見れば、これが本当に必要な儀式かも疑わしい。

ヨアンは小さく息を吐き、ここまで案内してきた騎士を振り返った。

「私はもう洗礼を受けていますが」

「はい、あの、存じています。ですが、これも規則でして……。聖獣を奪おうと潜り込む不届き者もおりますし、この洗礼ではそういった邪《よこしま》な思惑や、祝福に感謝を捧げる者であるかなども確認を……」

「では私は不適合者として帰されるかもしれないですね」

ヨアンが祝福に感謝するはずがない。呆《あき》れてそう言えば、男は慌てて首を振った。

「あ、いえ、それは……。これはあくまで儀礼的なものですので……」

「その通り。オルストン卿《きょう》の身分を疑う者はいませんよ」

説明を引き取って前に進み出たのはケビンだ。

邪魔者を振り払う仕草に、案内役の男はそそくさと立ち去っていく。平民出身は立場が弱く、おそらく彼は言われた通りのことをしただけだ。この場を作るのは四人の男たち。特にケビンは周囲を動かし、いつも状況が整ってから姿を見せる。

「この聖物は聖獣様が直接息を吹きかけたもの。本体の間近にあり、効果の高い祝福でその人物を見極めるのです。今一歩開花しきらなかった素質が刺激され、画数が増えた者もいるのですよ」

洗礼の方法は聖獣によって異なる。

アレイジム王国にいる聖獣は『白狼《はくろう》』で、特性は『風』。直系二十センチほどのガラス玉のような聖物に手を触れると、風が包み込んで紋が現れる。ケビンは特別な聖物らしく言っているが、この場で洗礼を受ければ画数が増えるなら、誰もがこの神殿を訪れるだろう。

だが名門オルストンの家族たちは、侯爵領で洗礼を受けている。

（……つまり、画数が増える前例は嘘《うそ》ってことだ）

希望を持たせて笑いものにしたいだけに違いない。

小さく吐息する。そうと知っても、面倒なだけなのでヨアンは黙って手袋を外した。

とたんに好奇の視線が突き刺さる。覗《のぞ》き込もうと首を伸ばす者もいて、どう考えても普段隠された『紋なし』を見たいだけだ。そうして周りに「気味が悪かった」と吹聴するのだろう。

ヨアンは聖物にそっと指を触れさせた。

ふわりと包み込む風は優しいのに、反応はそれだけ。円がうっすら青白く光る以外に変化はない。

最初の洗礼でもそうだった。淡い光とともに紋は浮かび上がったが、直後に内側に描かれるはずの線が醜く崩れ、蔦《つた》が絡まるように円を縛りつけてしまったのだ。

前代未聞の事態に場は騒然となり、両親からは笑顔が消えた。そのときのヨアンは異常な紋よりも、大人たちの顔のほうが怖かった。

「ははあ、これは……。ああ、かえって気の毒なことを。ははっ、ないものは増えようがないですよね。いや、申し訳ない」

堪《こら》えきれない笑いに顔を歪《ゆが》めながら、ケビンは言葉だけで謝罪する。侮蔑《ぶべつ》の眼差しが煩わしい。

以前なら恥ずかしくて俯《うつむ》いただろうが、今のヨアンはこれを恥ではなく現実として受け入れた。忌避されるものだと理解しているが、誰に迷惑をかけるわけでもない。

マリウスの言う通り魔物化する兆しもないのだから、そういうものだと割り切るしかないだろう。

「祝福を受け取れないので、聖獣様にお仕えする資格もないように思いますが」

「いえいえ。それはご心配なく。最も高位なお方が聖獣様に侍る資格を持つのです」

彼らはヨアンをからかうためだけにやっているので、貶《けな》したり持ち上げたりと忙しい。高位貴族ならどんな思惑があってもいいのだろうか。ヨアンは逃げるつもりしかないのだが。

神殿騎士には身分差による序列はない、という建前がある。

だから彼らは適当な理由を作ってヨアンを笑いものにするし、そのくせ侯爵家子息こそが聖獣のおそばへどうぞと遜《へりくだ》ってみせるのだ。

聖獣に侍る資格と言えば聞こえはいいが、今はそれが一番危険な役割といえる。

彼らは何一つ譲歩せず、この状況を楽しむだけだった。

「ではさっそく、聖獣様へお目通りいたしましょう。ああ、手袋はつけないでくださいね。紋を隠すなど、不敬ですよ」

（なにがさっそくだ。余計な儀式を挟んでおきながら）

ヨアンが紋を隠す理由を知っていながら、不敬だと言いつつ笑いをかみ殺せていない。まったくの茶番だ。ヨアンは移動しながら、ちらりと周囲を窺《うかが》った。

手入れされた庭を両脇に見ながらさらに奥へ。聖堂から離れれば立ち入りが制限された区域だ。巡回警備はあるようだが、人の気配は少ない。

振り切って逃げることも考えたが、はじめて足を踏み入れる場所ではすべてにおいて不利だった。前後に二人ずついる男たちがどんな魔法を使うかも判断がつかない。

彼らのうち三人は二画紋と三画紋。ケビンの持つ四画紋は二本線が交差する形で現れる。五画からは星形になるため、区別して角数で数える。

現在世界で確認されている最上級は六角紋だ。過去には十角紋があったとする説もあるが、史実として証明されているのは八角紋なので、十角紋は想像上の紋といわれる。星形で現れることもめったにないため、四画紋は騎士団でも主力の多くが持つ紋だ。

この状況で紋なしのヨアンが逃げきるのは難しく、今は大人しくついていくしかなかった。

「新しい世話役をお連れした」

「どうぞお通りください」

到着した建物が神聖堂のようだ。厚い石壁と緻密《ちみつ》な柱頭彫刻。ドーム状の天井に彫られた彫刻も美しく重厚感がある。聖堂の造りと似ているが、敷地面積のわりに建物部分は少ない。中央には広大な内庭があり、噴水やガゼボまで備えられていた。

我が国の聖獣は風の特性を持つというから、庭を好むのだろうか。そう思って姿を探そうとするが、男たちはそちらには目もくれず回廊を進んでいく。

辿《たど》り着《つ》いた部屋の扉を三度ノックし、一呼吸おいてから開け放った。

「聖獣様。本日から新しくおそばにお仕えする者をお連れしました」

部屋は侯爵家当主の私室ほどの広さがある。庭に通じる大きな窓、テーブルセットに暖炉、調度品のすべてが一級品だ。奥にはベッドがあり、手前のソファでは本を読む一人の男が。

（……男？）

ヨアンは首をかしげる。ケビンは「聖獣様」と呼びかけた。にもかかわらず室内にいる人間に慌てる様子がない。つまり彼が聖獣なのだろうか。ヨアンはすっかり獣だと思い込んでいたが、まさか人の姿をしていたなんて。

伏せた横顔でも端整な顔立ちと想像できる。見覚えがあるような……と考えを巡らせていると、隣からケビンの探るような視線が向けられていることに気がついた。

目が合うとふんと逸らされ、澄ました表情でヨアンに告げる。

「では、ヨアン・オルストン卿、ご挨拶を。我々は外で待機していますので」

「え？」

そう言うと、ケビンたちは聖獣に深々と礼をして出て行ってしまった。

残されたヨアンはぽかんとするしかない。「祝福に感謝を」などと言っていた彼らが、聖獣に感謝するはずのないヨアンを残していく矛盾。

それほどまでに聖獣の存在を恐れ、近寄るのも避けたいということだろうか。

(まさか、今この場で殺されたり、しないよな?)

さすがにそれはないはずだ。日々の食事並みに神殿騎士が消費されれば、入れ替わりが激しいどころの話ではない。あっという間に国が滅びてしまう。

ヨアンは恐る恐る室内を振り返った。

膝《ひざ》の上に閉じた本を置き、男が顔を上げてこちらを見ている。その姿をはっきりと認めて、ヨアンはひゅっと息を飲み込んだ。

短い白銀の髪。額に影を落とすくせのある前髪。そこから覗く、晴れた空のような青い瞳《ひとみ》……。

(――あの人だ)

どくん、と心臓が大きく音を立てる。

前世で出会った、あの人に間違いない。ジャケットは無造作にソファに掛けられているが、クラバットをつけて刺繍《ししゅう》が施されたベストを着ている。王様のような恰好《かっこう》だと思ったそれも、この世界では違和感のない貴族服だ。

広い肩と組んだ足の長さから、体格のよさが窺える。少年の目線で見上げても大きかったが、ヨアンと比べても頭一つ分は大きいかもしれない。

思いがけない再会に騒ぐ心臓を落ち着けるのに、三度の深呼吸が必要だった。

ヨアンは聖獣に向かってゆっくり敬礼し、頭を下げる。

「……ヨアン……オルストンと、申します。本日から聖獣様のおそばで……お世話を……」

「祝福を拒絶した者が？」

「拒絶では……！」

言いかけて、はっと息を呑《の》む。

あの声だ。ヨアンを──少年を「宝」と言った声。その声でヨアンを否定する。胸が締め付けられる思いだった。

この世界では、紋が現れる左手の甲を見せる形で敬礼を行う。ヨアンの醜い紋なしが彼に向けて晒《さら》されている上に、聖獣には自身の祝福が相手にどの程度の効果をもたらすのか感じられるようだ。

咄嗟《とっさ》に左手を隠すように握りしめるが、それで事実が隠せるはずもない。

ヨアンは祈るように聖獣を見つめた。あの頃とは顔も名前も違うが、彼が世界を越えることもできる神の子なら、気づいてくれないだろうかと。

けれど男は不快そうに眉を寄せ、ふいと視線を逸らしてしまった。

「……っ」

愛しげに細められる眼差しを何度夢想したことか。そうして前世の少年は、何度も挫《くじ》けそうな心を奮い立たせてきた。

(俺では、貴方《あなた》の宝になれない？　あの子じゃないから……)

前世はヨアンの過去だ。もはや他人のようには感じない。誰かの夢であり自分でもあるような、遠くにありながら目線は自分で、感覚も感情も共有している。

あれは彼であり僕の記憶で、ヨアンの過去だった。

けれど聖獣は気づかない。あの人と別人とは思えないのに。

それともやはり、ヨアンではだめなのだろうか。

(でも……俺は、この人の言葉に救われた)

前世でなら、夢ではなかったと証明する指輪があった。さすがにその指輪を探すことはできないが、言葉は今も息づいている。聖獣が忘れても、あるいはあの少年でなければだめだったとしても。ヨアンの思い出が消えるわけではない。

期待するのはお門違いだ。以前のヨアンは失敗したのだから。

落胆して思い出ごと捨て去る理由もない。今でさえ、こんなにも切なく尊い気持ちになるのだから。

聖獣はこちらを拒絶するように、再び本に視線を落としてしまった。紋なしを疎んでも、追い出そうとまではしない。興味がないだけかもしれないが。

それならば、ヨアンがすることは一つだった。

「……誠心誠意、お仕えします。何なりとお申し付けください」

過去のヨアンを救ったこの人に感謝を捧《ささ》げる。どんなことでもいい、役に立ってみせる。

自己満足でかまわない。一方的に感謝するのはヨアンの勝手だ。

もはや逃げようという気持ちは、完全に失《う》せていた。

五日後、神殿区にある図書館で調べものをしていたヨアンのもとにマリウスがやって来た。ついに彼の耳にもヨアンの配属先が届いたようだ。

神殿図書館は、申請を出せば許可の範囲で立ち入ることができる。正式に申請を出してきたマリウスの行動を阻むことはできない。

ヨアンは険しい表情のマリウスに苦笑いして、「連絡ができず申し訳ありません」と謝罪した。

「手紙なども禁じられているんだろう。ヨアンが謝ることじゃない」

マリウスの言う通り連絡手段は制限されている。だが軟禁状態を覚悟したヨアンからすれば、拍子抜けするほどだった。聖獣があの人でなければ、これ幸いとその日のうちに逃げ出していただろう。

ただしそこは当然警戒もされていたようで、三日ほどは引き継ぎの名目で監視役が張り付いていた。けれどヨアンが一日の大半を聖獣のもとで過ごすため、早々に離れていったのだ。

機嫌を損ねた聖獣の重圧に耐えかねて、逃げ出す者も多いらしい。ヨアンについていたらとばっちりを食うのではと、彼らは警戒しているようだ。特にヨアンは紋なしで、存在そのものが聖獣を不愉快にさせてしまっている。

神殿騎士たちは何より自分の命が大事なので、むしろヨアンに対して「正気かこいつ？」と完全に異常者扱いだった。

しかしそのおかげで、神殿区内でなら自由に動けるようになった。

どうせオルストンには戻れないし、逃げたところで頼る人もいない。マリウスといえど今さら手出しはできないだろう。そう皆が知っているから、この程度の接触はかまわないと判断されたようだ。

「俺の隊に配属されるよう掛け合っていたんだが……、こんなことになるなんて」

「マリウス様が気にされることはありません。私の落ち度です」

今回ヨアンは、『侯爵家の名を振りかざし、下位の者を萎縮させた』という、その一点のみで問題行為と判断された。

そのつもりがなかったとは言わない。除籍覚悟だったので、あえて強気に出たところはある。

とはいえ不当といえるほどの圧力はかけていないし、オルストンの名が侮辱されたのも事実。証拠はあるのだから、まさか死ねと命じられるとは思わなかっただけだ。

「オルストン侯爵も酷なことをなさる。紋がないというが円は出たんだ。正しく無紋ではないのに、こうも情がなくなるものか」

「……ありがとうございます。ですが、魔法が使えないのは事実。名門オルストンには受け入れがたい落ちこぼれです」

マリウスはヨアンを否定しない。昔からそうだった。

まだヨアンが紋なしになる前、記憶の中でもっとも幼い時代からマリウスとの思い出がある。

兄は優秀なマリウスを嫌っていたが、ヨアンは強く頼もしい幼馴染《おさななじ》みが憧《あこが》れだった。会えばあとをついて回り、なんでも真似《まね》をしたがったものだ。

マリウスもヨアンを邪険にせず、幼い子どもの遊びによく付き合ってくれた。紋なしと言われ距離を置こうとするヨアンを真剣に怒り、荒《すさ》みかければ優しく厳しく諭してくれた。

今世のヨアンの幼少期を支えたのは、間違いなくマリウスだ。

言葉で言うだけなら容易《たやす》いと反発したこともある。まるで子どもの癇癪《かんしゃく》のように。結局は解決のない慰めばかりで、自分を納得させることはできなかったから。

そうして何度も彼を煩わせたことは、遠い記憶でもない。まだ彼に見捨てられないことに安堵《あんど》して、同じことを繰り返す。ヨアンはマリウスに甘えきっていた。

「ヨアン。俺のものになるか？」

「…………は？」

また自分を卑下するなと叱《しか》られるだろうか。過去の経験からそう考えていたのに、マリウスの口から出たのは、まったく想像もしない言葉だった。

じっとこちらを見て答えを待つマリウスに戸惑ってしまう。意図が掴《つか》めない。

「……私はすでに、王宮神殿騎士として働いてますが……」

「所属の話をしているんじゃない。俺はおまえ一人を抱えることなどわけもないからな。逃げてもいい、ということだ」

「それは、……」

ヨアンを囲うと言っているように聞こえる。

マリウスがどのように想定しているかわからないが、さすがに公爵家に養子入りなんてあり得ない。この場合はおそらく念弟とでもいうのか、愛人になることを提案されたのだろうか。

男色はこの国でも一般的ではないが、後ろ指を指されるほど忌避すべきことでもない。

特に女性が少ない騎士団では公然の関係があると聞くし、貴族社会でも公にしている者は多い。道楽の一つに挙げる者もいるほどだ。

ヨアン自身は考えたこともない。

友人と呼べる相手もいないのに、その先の恋愛なんて思い描きもしなかった。前世でもそうだ。あちらではそれほどの年齢に達していなかったせいもあるのだが。

「……あの、思いもかけないことで……、そんなつもりは……」

「そうだろうな」

ふうと吐息して、マリウスは頷《うなず》いた。突拍子もないことを言った自覚はあるようだ。

(心配、してくれているんだろうけど……)

ありがたいとは思う。あまりにも想定外すぎたが。

同時に少し、息苦しくも感じてしまった。嫌悪感ではない。結局ヨアンは無力で無能、権力に守られなければ生きていけないのだと。そう言われたも同然だったから。

それも仕方のないことだ。マリウスはずっとヨアンを見てきた。自身に頼るしかない幼馴染みを。侯爵家に捨てられ、完全に後ろ盾をなくしたヨアンの行く末を案じずにはいられないほどに。

まさかヨアンが異世界の前世を思い出して、魔法にも身分にもこだわらなくなっているなんて想像するはずもない。

「急なことで驚かせたな。だが思い付きで言ったわけじゃない。学生であるうちは考えられなくても、いずれこんな日が来るのではないかと危惧《きぐ》していた」

「……はい」

「今の言葉を覚えておいてくれ。俺ならおまえを守ってやれる」

否定することはできなかった。これまでもそうだった。マリウスだけがヨアンを気にかけてくれるのに、独り立ちすればその目も行き届かなくなってしまう。せめて彼の率いる隊に所属できればよかったのだろうが、それだって盛大な甘やかしだ。ヨアンにとって、もっとも楽に生きられる道。どんな悪意や中傷の前にも、マリウスが立ちはだかってくれるのだから。

（でもそれは、今の俺が望む生き方じゃない）

誰かに守られ生かされるのと、自ら誰かのために生きたいと願うのでは根底が違う。

ヨアンは『聖獣の宝ものを守れなかった』という未練を思い出した。

きっと彼との出会いは偶然ではない。あの人のために尽くし、今度こそやり遂げるチャンスをもらったのだ。聖獣は過去を覚えているそぶりを見せないし、ヨアンに見向きもしない。それでもかまわなかった。

彼に「必要ない」とはっきり否定されるほうが絶望なので、何をしても知らぬ顔をされるくらいでちょうどいい。

「……まずは、できることをしようと思ってます」

「そうだな。おまえは昔からいい意味で融通がきかない。こんな乱暴な命令でも、侯爵に迷惑をかけないために従おうとする」

今回は誰の命令でもなく自分の意志で残ることを決めたが、理由が説明できないので黙って頷いた。

「考える時間も必要だろうしな。しばらく神殿に預けよう。もう聖獣にはお会いしたのか？」

マリウスは肩をすくめると、そう言って話題を変えた。

ちらと視線を流す先にあるのは机に積まれた本。五冊ほど抜き取ってきたその中には、聖獣にまつわる本も含まれている。

「はい」

「一画紋や二画紋では聖獣の気配が重く苦痛だと聞くが、大丈夫か？」

「……初耳です。まったく問題ありません」

機嫌を損ねれば潰《つぶ》されかねないとは聞いたが、画数が少なければ耐えられないとは聞いていない。

その可能性があるならせめて一言、と思うが、ケビンたちが警告するはずないなと考え直す。

言われてみれば、聖獣に会ったとき訝《いぶか》しげな視線を向けられていた。あれは紋なしのヨアンが苦しむ姿が見られず、期待外れの眼差しだったのか。

「やはりおまえの紋は特殊なんだろうな。聖獣は今も人の姿をしているんだろう？」

「はい、驚きました。人とは思わなかったので……」

「人というわけではないが。俺も数年前に参加した神事ではじめて拝見した。しばらくあの者は誰だと不思議に思っていたな」

「マリウス様もなんですね」

聖獣と聞いて人の姿は想像しない。しかもヨアンは白狼の聖獣と聞いていた。当初は逃げるつもりだったから、姿がどうであろうと記念に一目という程度でしかない。

ただそれがあの人だったなら話は別、というだけで。

はじめから人の姿で会えた幸運に感謝したし、白狼の姿も見てみたいと思う。どうすれば彼の役に立てるだろうかと、考えるのは聖獣のことばかりだ。

神殿騎士たちから教わった仕事は食事と入浴、寝室の準備だけ。それではあまりに味気ない。だから何か役立つ情報はないかと、神殿図書館まで調べに来たのだった。

「世話を任されたんだろう、どんな様子だ？」

「思ったほどには乱暴でも威圧的でもなく……。むしろとても静かなお方です」

紋なしに不快感を見せたから身構えていたのだが、冷たい態度ではあるものの、どちらかといえば無関心に近い。人の世話をしたことがないヨアンのやり方にも声を荒らげず、食事も口にしてくれる。

ヨアンでこの程度なら、なぜ神殿騎士たちが怯《おび》えるのかと不思議なほどだ。

「聖獣の名は聞いたのか？」

「はい。それもご存じなんですか？　神殿騎士にだけ許された名だが、許可なくやたらに呼んではいけないと聞きました」

聖獣、ベノアルド。神の力が宿るからと、書を通じて教えられた名だ。

公爵家ともなれば、聖獣の名も学ぶのだろうか。

「やたらどころか、決して呼んではいけない」

「え？」

険しい表情でヨアンを覗《のぞ》き込んだマリウスが、念を押すように繰り返す。

「やはり教えられたんだな。いいかヨアン。聖獣の名は、俺たちの魔法の根源そのものだ。最も強大な呪文と思えばいい。口にすれば心身が耐えられず、死に至る」

「……え」

上位の多角紋であるほどに、その危険性を実感するそうだ。心に思い浮かべるだけで、意識が塗り潰されそうなほどの畏怖《いふ》が襲い掛かる。

「聖獣に認められれば呼べると聞くが、あやしいものだな。これまで命を落とした者の中には、その名を呼んだことが原因の者もいる。世話をして打ち解けたと錯覚するのか。上位の存在に気に入られれば欲も出るだろう」

「そんな、本当に……？」

ヨアンは青褪《あおざ》めてマリウスを見上げた。

それはどんな引き継ぎよりも重要な情報のはずだ。むしろ名前など教えてはいけない。

「怒らせたら恐ろしい存在だと聞かされたか？　思ったほど乱暴ではないのだろう？　誰もが恐れる聖獣が自分には何もしてこない——特別なことだと考えないか？　そうではない、聖獣はただ関心がないだけだ」

「……」

「同僚の騎士たちから理不尽な扱いを受ける中、聖獣の無関心は優しさですらある。一言でも交わす機会があれば『もしや』と縋《すが》ってしまうことだろう。神に愛されることを、誰もが一度は夢見るものだ。わかるか、ヨアン。王宮神殿騎士は腐りきってる。特に貴族出身者たちだ。そこには悪意しかない」

気に食わない新人や平民たちをいたぶり、精神的に追い詰める。わずかな希望をちらつかせ、錯覚して自滅する様を楽しんでいるのだと。

それが彼らの憂さ晴らしになっている。王宮神殿騎士の入れ替わりが激しい理由の一つだった。

(……でも、それは)

聖獣にも傷を与える悪意ではないか？

ヨアンに対してさえ、不快そうに顔をしかめるだけの聖獣だ。一画だろうと祝福を受け取る相手に、不満を持つ理由がない。

会えば会話をしたのかもしれない。世話をねぎらい、自身の重圧で苦しむことがないか気遣い、笑いかけることもあったのだろうか。

(俺では絶対に望めないことだ……)

それがどれほど尊いことか。

あの晴天の眼差しに見つめられ、宝だ、などと言われたら。そんなの、自分は彼にとって特別な人間なのだと思ってしまう。この人のためならと、もがいてしまう。わかるから苦しい。

そんな誰かが、思わず名を呼んでしまったら。

あの人の宝が、あの人のせいで壊れてしまったら。

（……違う）

ただの想像だ。前世の話でもない。それでも動揺して、ヨアンは胸を押さえた。

「ヨアン」

「だい、じょうぶです。俺は、大丈夫です……」

もしも聖獣が、誰に対しても勘違いさせないために無関心を装うなら、とても悲しいことだ。

その意味では紋なしのヨアンは適任といえるだろうか。

（俺なら気遣う必要もないから……）

ずきずきと胸は痛むが、気づかないふりをして目を閉じる。

聖獣がヨアンを疎ましく思う原因は、決して改善されない。そんな自分なら錯覚はしない。神殿騎士が頻繁に入れ替わる原因は聖獣だと聞いた。でもヨアンがいる限り、この先は彼を理由に誰かが傷つくことはないのだ。

「……ご忠告、感謝します」

「堅苦しいな」

今知ることができてよかった。ヨアンだから意味があることもわかった。

丁寧に頭を下げると、マリウスは苦笑いして顔を上げろと手を振る。そして表情をあらためると、まっすぐにヨアンを見つめた。

「ヨアン。俺はいつでも待っている」

「……はい」

今世では最後まで諦《あきら》めるつもりはないけれど、マリウスは逃げ道を用意してくれる。

いつまでも彼に甘えてはいけない。もう一人でも大丈夫だと、大切な幼馴染《おさななじ》みを安心させることも、目標の一つに加えられた。

◇◇◇

あれから一か月ほど過ぎたが、ヨアンは今も生きている。

(名前を呼ばなければいいだけだからな)

マリウスから聞いた通り、追い詰められた者たちによる自滅行為は何度かあったらしい。

聖獣の気配に耐えられない者も多く、言われてみれば部屋の周辺は警備の騎士が少ない。これは実際に聖獣の機嫌を損ねた者が威圧を受け、近くにいた者までその巻き添えを食ったからのようだ。

初日にヨアンを置いて出て行ったケビンたちも、かなり離れた場所で待機していた。紋なしが聖獣の怒りを買う可能性を考えたのだろう。

彼らは気に食わない相手を精神的に追い詰めて楽しむだけ。自滅するか失敗して不興を買うか、どちらに転ぶかをまるで娯楽のように眺めているのだ。命がけでやることではないので、ヨアンは遠巻きに観察されている。

「おやあ、侯爵家子息であるヨアン様の湯沸かし姿とは。貴重な光景ですねえ。聖獣様のご厚意に触れようと必死ですか」

その一環なのか、彼らは事あるごとにヨアンの矜持《きょうじ》を傷つけようとした。

疎まれて育ったヨアンでも、使用人による最低限の世話を受ける立場ではあった。当然、人の世話などしたことがない。掃除も振る舞いも見よう見まねだ。前世の知識も役には立つが、拙いことに変わりはないだろう。

そんな姿を見て、高位貴族が落ちぶれたものだと、わざわざ人前で笑いものにするのだ。

貴族の矜持を手放したヨアンからすれば、こちらこそが笑いたい。あまりにも幼稚ないじめではないか。吹き出すのをぐっと堪えれば耐え忍ぶように見えるのか、男たちはさらに調子に乗った。

けれどそれも黙って受け流すうちに、騒ぎを聞きつけて神官がやってくる。

「――また貴方たちですか」

王宮神殿では、騎士よりも神官の地位が高い。

神殿自体は独立した組織であり、神官たちは神殿に所属している。それに対して神殿騎士が属するのは王国だ。聖獣のために国が派遣するという形がとられ、平民出身者には王国から準備金が支払われる。

聖獣に直接仕えるのは騎士だが、神殿の管理や儀式などの祭事を執り行うのは神官たち。神殿騎士の重要性が薄れてからは、数が多いばかりの暇人集団のまとめ役としての役割も担っている。

腐りきった神殿騎士とは違って、責任感が強く高潔な者が多い。ヨアンに同情するわけではないが、役目を放り出して余計な騒動を起こそうとする者を適切に指導してくれるのだ。

こうして過ごしてみれば、案外王宮神殿の住み心地は悪くない。

マリウスが気にする悪意も一部の者だけ。気をつけるまでもなく彼らが期待することは起こらないので、せいぜい聖獣に取り入るために足掻《あが》いていると誤解すればいい。


「聖獣様。ヨアンです。紅茶をお持ちしました」

三度のノックのあと、声をかける。何も反応がなければそのまま入室。許可ではなく無視だが、これは誰に対してもそうなので気にしない。

ワゴンを押して現れたヨアンに一瞥《いちべつ》もなく、聖獣は読書を続けている。ヨアンはテーブルに置かれた本をちらりと横目で見て、綻《ほころ》びそうになる頬に力を込めた。

向かって左側がこれから読む本、右側が読み終えた本。

今聖獣が読んでいる本も含め、すべてヨアンが持ち込んだものだ。部屋にある蔵書から聖獣が好みそうなものを想像して、図書館で探してきた。

よろしければ、と渡すときは視線も寄越《よこ》さないし、興味がそそられなければ手も触れてくれない。

けれど気になれば、ためらいもなく手に取ってくれるのだ。

(本に罪はないから)

聖獣もそう思うのだろうか。はじめは外すことも多かったが、最近はほとんど右側に積まれていく。

「区切りのいいところで休憩されませんか?」

ティーポットには魔法石が埋め込まれているので、適切な温度が保たれている。時間が経っても問題ないので、ヨアンは扉の横に控えたまま聖獣を見つめた。

ふわりと額を撫《な》でる白銀の髪、伏せられた瞳《ひとみ》。頬のラインも美しく、端整な顔立ちは見飽きることがない。見た目の年齢は二十代半ばから後半といったところだろうか。マリウスより年上に見える。

本体は白狼というが狂暴な気配はなく、洗練された貴公子のような佇《たたず》まいだ。

(あの髪色の白狼になるのかな。そんなの美しいに決まってる。高貴な姿なんだろうな)

見てみたい。けれどおそらくそんな機会はない。

どのタイミングで姿を戻すのか知らないが、大切な儀式にヨアンが参列できるわけがないから。こうしてそばにいて、ほんの少しでも役に立っていると思うだけで満足しなければ。

前世でたった一度きりとはいえ、大切な言葉をくれた思い出の人。その人が世界を越えて目の前にいるという奇跡。時間が経つにつれてじわじわと実感が広がって、ヨアンに日々新しい感動をもたらしてくれる。

これは夢ではない。あの人が瞬《まばた》きをして、時折気分を変えるように吐息もする。気になるページで手を止めて、何度も視線を行き来させる様子はどこか微笑ましい。

思い出の中では不思議な存在で、いつしか神聖視していたし実際に彼は聖獣だった。けれど人と変わらない生活を送る姿に、なぜか親しみを覚えてしまうのだ。

「……穴が開く」

「えっ？」

ああ、唇が動いた。じっと見つめていたヨアンは、それが自分にかけられた言葉だと、すぐには気づけなかった。

きょろきょろと左右を見て、聖獣へ視線を戻す。男と目が合って、どきりと心臓が跳ねた。

「あっ……、不躾《ぶしつけ》な、ことを」

ヨアンが聖獣観察をするのは今日がはじめてではないが、これまで彼は一貫して無視を貫いていた。声をかけてもらえたのは進歩といえるのか。けれど内容としては不興を買っている。

ヨアンは慌てて顔を伏せ、謝罪のために礼をとる。役目を外されたらどうしようと、ひどい焦燥感に駆られた。そんなことになったらもう二度と彼に近寄れないし、下手をすれば神殿からも追い出されてしまう。

「おまえのそれは歪《いびつ》だな」

「……も、申し訳ありません……」

聖獣の言葉が胸に突き刺さる。紋を見せる形での敬礼は逆に不敬だったかと、ヨアンは左手の甲を押さえながらおずおずと腕を下ろした。

前世を思い出してから紋なしを嘆くことはなかったが、彼が祝福をもたらすのだと知れば話は別だ。

これこそが罰なのか。聖獣の宝を失ってしまった罰。だからヨアンは、今世で彼の祝福を受け取ることができなかったのだろうか。

（……まずいな、泣きそうだ）

前世を知らない頃でさえ、紋なしを理由に泣いたことは数えるほどしかない。

マリウスが言葉を尽くして慰めてくれたおかげでもあるし、侯爵家子息としていかなるときも取り乱すなと教え込まれたためでもある。

それなのに、聖獣の言葉や態度はヨアンの感情を容易く揺さぶるのだ。

せっかく会えたのに。二度は失いたくない。どうしたらいいのだろうか。狼狽《うろた》えるヨアンの耳に、聖獣のため息が届く。

覚悟を決めて、ぎゅっとかたく目を閉じた。威圧に耐えたら見直してくれるだろうか。絶対に耐えてみせる、と腹に力を込めて身構える。

「紅茶を」

「……え」

けれど届いたのは重圧の気配ではなく、淡々とした声。一拍遅れて理解した内容に、ぱっと顔を上げて聖獣を凝視した。男はもうこちらを見ていなかったが、本を閉じて壁の絵を見るともなしに見つめている。休憩の合図だ。

（……許された？　いや、見逃された……？）

ヨアンは茫然《ぼうぜん》として、息を潜めるようにそっとワゴンに手をかけた。少しずつ近寄っても、咎《とが》める声はない。

勇気を得てテーブルの脇に立つと、紅茶を淹《い》れてカップを置いた。以前は食器の触れる音が響き、雫《しずく》をこぼしてしまうこともあったが、ひと月も経てば少しは見られるようになっている。

男の指がカップをつまみ、口元へと運ばれていく。

瞬き一つさえ息を止めて見つめるヨアンに、聖獣はもう一度「見すぎだ」と注意した。

「すっ、すみません」

再び謝罪して顔を背けるが、今回の声には冷ややかさがない。

そっと横目で窺《うかが》うと、再びこちらを見上げる青い瞳と視線がぶつかった。驚いて視線を逃がすヨアンを三度は咎めず、聖獣はゆっくりと口を開く。

「本を、三冊」

本？　とヨアンは目を瞬いてテーブルを見下ろした。読み終えた右側の本が一冊増えている。新たに左側の本に手を伸ばし、男はぱらぱらと最初の数ページをめくっていた。

気に入ったのかそのまま読み進める様子に、ヨアンの心がじんわりと温かくなる。

「……はい。また、探してまいります。どのような内容のものか、ご希望がありましたら」

「好きに選べ」

ぐっと歯を食いしばる。今度は別の意味で感情が溢《あふ》れそうだった。

「……っ、は、い。お任せください」

認めてもらえた。紋なしを不快には思っても、ヨアンの努力は確かに彼に届いていたのだ。

嬉《うれ》しくて、思わず声が弾むのを抑えられなかった。

聖獣はふと視線を落とし、仕方ないなというように吐息する。そんな仕草さえ、新たな発見のようで心が躍った。やっぱり彼は、ヨアンが覚えているままにあたたかく優しい人だ。祝福が受け取れないからといって安易に差別せず、根気強く見守ってくれた。

もしかしたら、もっと人と話したいと思っているのかもしれない。そうして過去にも交流を持つことがあったのだろうか。

こんな極上の人に興味を向けられたら、誰だって錯覚するに違いない。錯覚のはずはないと、錯覚してしまうのだ。

(俺は、大丈夫。そんなことにはならない)

ヨアンは己を理解している。

宝を守れず、祝福を受け取れず。すべてを拒絶した自分が彼に否定されるのは当然だ。

寛大な心で許されたとしても、ようやく他の人間にとってのスタートラインに立てただけ。そこから先に進む資格は持っていない。

だからせめて、どんなささやかなことでも手助けがしたい。本の好みでも、見たい景色でも、望むものを見つけたい。それを叶《かな》えることが、ヨアンの恩返しになるのだ。

「……視線がうるさい」

「申し訳ありません。それは、黙る方法がわかりません」

「……はあ……」

思いきって言ってみたが、機嫌を損ねた様子はない。

聖獣はついにヨアンの視線を諦《あきら》めたようだ。深く吐息して、それ以上は何も言わず本に視線を落としている。

彼が手に取ったのは、大衆向けの娯楽小説だった。どうだろうかと悩みながら借りてきたものだが、興味を持ってくれたようだ。表紙には美しい鳥が描かれ、ストーリーも不思議な力を持つ鳥を中心に様々な物語が展開する。

聖獣は意外にもと言っていいのか、鳥が好きらしい。部屋には鳥をモチーフにした彫刻やオブジェが多く、鳥に関する本も何冊かある。試しに表紙だけで小説を選んでみたが、それでもいいらしい。

彼は白狼だから、おそらく空は飛べない。憧《あこが》れがあるのかと想像すると、かわいいなとすら感じてしまう。それこそ不敬なので表情にも出せないが、彼は鳥に何を感じているんだろうか。

そんなことを考えていたヨアンだから、その変化にはすぐに気づいた。

「……っ」

「聖獣様!?」

突然彼が痛みを堪えるように眉《まゆ》を寄せ、本が音を立てて落下した。

手で顔を覆う聖獣に慌てて駆け寄り、前かがみに倒れ込みそうな肩を支える。想像以上に重い体に、鍛えたはずのヨアンでさえもふらつきかけるが、そっとソファに横たえた。

「頭が痛むのですか？　薬などは……っ」

こんなことははじめてだった。前例があるなら対処法も準備されているかと問いかけるが、聖獣は小さく首を振るだけだ。強く目を閉じて頭を押さえるから頭痛だとは思うが、薬はないようだし、ヨアンは魔法も使えない。

「ぐ……っ」

時折肩を揺らし、苦悶《くもん》の表情を浮かべる聖獣になすすべもない。落ち着かせようと肩を撫でるだけでは、むしろ邪魔ですらある。

わかっているのに、動揺が激しくて何も考えられなかった。

役に立てたと満足した途端、これだ。

(どうしよう。誰か)

誰か助けを。ヨアンははっとして男の顔を覗《のぞ》き込む。冷や汗を浮かべる額をそっと撫で、祈るように声をかけた。

「……っ、神官を、呼んでまいります。どうか、それまで……どうか、堪えてください」

一人にするのは不安だったが、ヨアンがいても彼の苦痛を取り除くことはできない。

振り切るように立ち上がり、癒し手を求めて駆け出した。

芽生えと動揺

あれからほどなく、聖獣の容体は落ち着いたらしい。

らしい、というのは、五日過ぎた今も会えずにいるからだ。ヨアンは聖獣に危害を加えたとして、自室で謹慎させられている。

まず真っ先に疑われたのは、紅茶に毒が入っていた可能性だ。紅茶はヨアンが自ら湯を沸かし、決まった時間を数えて淹れている。目を離すことはないし毒など入れるはずもないが、それを主張するのがヨアンだけのため分が悪かった。

もちろん実際に調べれば毒は出ないうえに、そもそも聖獣には人の毒など通用しない。

神殿にとっても過去に例がないらしく、上層部の会議でも意見が割れたようだ。神殿騎士団隊長はヨアンに悪意があったと主張するが、ではなぜ逃げずに人を呼びにいったのかとなり、説得力に欠ける。神官長は後ろ盾を持たないヨアンの犯行に懐疑的で、決定権を持つ神殿長は慎重な態度。

だが結局は前代未聞の事件のため、原因はこれまた前代未聞の『紋なし』にあるのでは、と判断されたようだった。

それらを教えてくれたのは、初日にヨアンを迎えに来た平民出身の神殿騎士だ。

メナールと名乗った男はヨアンの一つ年下で、半年ほど前に神殿入りしたばかりだという。

「私も準備金目当てですよ。実家は小さな鍛冶屋《かじや》を営んでいますが、近年は隣町の工房に仕事を持っていかれてしまって……。打開しようにも、先立つものがなければ手が出せませんから」

よくある話です、とメナールは苦笑いする。

王宮神殿内には様々な施設がありながら、本来下働きを任せるはずの神官見習いは一人もいない。聖獣の近くに作法を知らない未熟な者を置かないいため、とされていて、代わりに神殿騎士がすべてを担っているのだ。その神殿騎士にも貴族と平民がいれば、おのずと役割は明確に分けられる。

つまり国は『準貴族位』という爵位にも満たない称号を言い訳に、金を出して神殿に使用人を派遣しているようなものだった。

「今はメナール殿が聖獣様のお世話をされているんですか？」

「はい。実はヨアン様がおみえになる以前も、私が担当していました。何かされるわけではないのですが、どうにも恐ろしく……。お役目を外されて正直ほっとしました」

「水汲《みずく》みや洗濯を押し付けられても？」

「そのくらい、苦にもなりません」

二画紋の彼には、聖獣の気配はかなり重く息苦しいものだという。

通常であれば世話役には選ばれないはずだが、何が気に障ったのかケビンたち貴族騎士に目をつけられてしまったようだ。

「メナール殿は」

「あの、それ。どうぞ私のことは、メナールとお呼びください」

メナールはヨアンの言葉を止めて、困ったようにそう言った。貴族と平民には越えられない壁がある。たとえヨアンが紋なしでも、貴族というだけで気を遣うらしい。

「神殿では身分差はないんでしょう？」

「その建前を実行しているのはヨアン様くらいですよ」

まじめですね、とメナールは好意的に評したが、ヨアンはきまり悪く視線を逸らした。

言い換えれば融通がきかないとは、マリウスにもよく言われることだ。思い込んだら曲がらないというのも良し悪《あ》しで、どれほどマリウスにフォローされても劣等感を打ち消せなかったのは、この性格のせいだった。

前世の価値観が混ざって解消した部分もあるが、根本的な性格が変わるわけではない。

「……メナールは、聖獣様と話をしたのか？」

「あ、はい」

あっさり頷《うなず》くメナールに、ヨアンは胸の痛みを感じていた。

（きっとあの人は人間が好きで、人と話すことも好きなんだ）

ヨアンだったから、会話するのにひと月もかかってしまった。とはいえ存在自体が不愉快だったことを思えば、十分な成果といえる。

「ですが、今回はじめてお声を聞きましたよ。これまではまるでいないもののように、関心も向けられませんでしたから」

「え？」

「お名前は出されませんでしたが、ヨアン様はなぜ来ないのかと尋ねられました。恥ずかしながら動揺してしまい、神官長を呼んでまいります、などと答えにもならないことを……」

「……」

(俺を……気にかけてくれた？)

どきどきと騒ぎだす鼓動が抑えられない。

聖獣がヨアンの不在に気づいてくれた。どうしているのかと思い出してくれた。会わなくなれば忘れるのではなく、なぜ来ないのかと疑問に思ってくれたのだ。

(それとも、これが錯覚？)

ぐっと堪えるように息を止める。

思わずメナールを睨《にら》むように凝視すれば、彼は戸惑いを隠さずに身を縮めた。もしもこれが意地の悪い罠《わな》だというなら効果覿面《てきめん》だ。

「あの、何か、ご不快になることを言ってしまいましたか？」

「いや……」

否定して、ヨアンは重く息を吐き出した。

彼を責めるのはお門違いだ。謹慎中のヨアンは人との接触を禁じられている。食事を運ぶメナールも、本来なら会話に応じてはいけない。けれど規則に反すると知りながら、彼は毎日少しずつ王宮神殿内の出来事や噂話を教えてくれる。人目は気にしても、脅されているようには見えなかった。

(……それに、もう遅い)

これが悪意でも、メナールが重度のお人好《ひとよ》しなだけでも。

どちらであっても一度芽生えてしまったものは、もう消すことができないのだから。

（あの人の特別に。……もう一度、俺のことを宝と言ってほしい、なんて……）

メナールを通して聖獣の気遣いを知った瞬間から、ヨアンは分不相応な思いを抱いてしまった。

あの人が好きだ。役に立ちたいのも、そばにいたいのも、ただ好きだから。そして自分のことも好きになってほしい。

願ってはいけない。求めるなど論外。その名を口にすることすら許されない相手に。決して叶わないと知っているのに、優しさに縋《すが》りつきそうになる。

きっと何人もこの誘惑に負けたのだ。

理性だけで抑えつけることのできない思いに、ヨアンもただ途方に暮れるしかなかった。

◇◇◇

さらに二日が過ぎたが、事態は何一つ変わっていない。

メナールは朝夕二度の食事のたびに話をしていくが、下働きにすぎない彼が上層部の動きを探るには限度がある。むしろ動きがなさすぎて、噂話すら聞こえなくなっているようだ。

「見つかればメナールも罰を受ける。どうして俺にいろいろ教えてくれるんだ？」

「貴族の方々があまりに幼稚な嫌がらせをするからですよ。がっかりしたんです。この人たちの庇護《ひご》のもと生きていたのかと……。見て見ぬふりどころか、協力した私が言うことではありませんが」

メナールに真意を聞いたのは、もう彼を疑う気持ちが失せていたからだ。

疑われて当然だとメナールも頷き、「聖獣様に誓って」と前置きした上で本音を聞かせてくれた。

「こう言っては侮辱と思われるかもしれませんが、ヨアン様のことを気の毒に思ったんです。紋なしの異常性はわかりますが、そこまで追い込むことかと。一番傷ついているのは本人でしょう。持たない者を責めてもどうしようもない。私たち平民もそうです。身分の低さを嗤《わら》われても、出自も過去も変えられないんですから」

「……それは、侮辱というより同情かな」

「平民が同情することが侮辱でしょう」

そうかもしれない。以前であれば下位貴族に嫌味を言われる以上に、平民に憐《あわ》れまれることがつらかった。今では、なぜそうまで気にするのかと不思議なほどだ。ヨアンはその同情に助けられている。

「どんな考えでも、俺に味方してくれるなら善意と感じるよ」

ヨアンがそう言えば、メナールはほっと肩の力を抜いて自嘲《じちょう》するように微笑んだ。

「私にできるのはこの程度です。それもここ数日は、まったく動きがなくて……」

「いいんだ。……聖獣様の最近のご様子を聞きたいな」

「私では話にならないと思われたようで、二度目のお声がけはありません。こちらから話しかける勇気も持てず……。あの、ですが、毎日読書をされて、穏やかに過ごされています」

「へえ……どんな本を？」

「私が見たのは、鳥が描かれた表紙の……」

それはヨアンが持ち込んだあの本に違いない。

(俺の選んだ本を、まだ読んでくれているんだ)

聖獣はあの日の不調の原因を、ヨアンとは考えなかっただろうか。誰に疑われてもいい。彼にだけは信じてほしかった。

◇◇◇

夕方になり、食事を持って現れたのはメナールではなかった。

「お元気そうじゃないですか。聖獣様を案じて夜も眠れないかと思いきや……毒を盛った本人だからですか？　やはり貴方に資格などなかったんですねえ」

部屋に入るなりそう言い捨てたケビンは、スープ皿が一枚載るだけのワゴンを扉の横に押しやった。

悪意しか感じない男の登場に、ヨアンは咄嗟に身構える。慎重に立ち上がりながら様子を窺《うかが》うが、来たのはケビン一人だけのようだ。

聖獣の世話だけしていろ、と騎士でありながら武器の所持は許されていない。そのためケビンはこちらをまったく警戒していない様子だった。

「私は何もしていません」

聖獣を心配しないわけがない。それに本当にヨアンが原因だとして、不眠や断食などで償える話でもない。実のないパフォーマンスをするより、聖獣が満足のいく罰を受け入れるべきだ。

わざわざ丁寧に説明する意味もないと、怯《ひる》まず一言で応じるヨアンにケビンは舌打ちした。

「紋なしが。早々に追い出されるか、音を上げるかと思っていたのに……」

これまでの慇懃《いんぎん》無礼さを崩した態度が不穏で、ヨアンは警戒するように眉《まゆ》を寄せる。

「それでも、ヨアン様は戻る家も頼る人もないのでしょう？　カヴァラス卿《きょう》が手を差し伸べるかもしれませんが、公爵家の品格を落とすようなこと、公爵閣下は決して見過ごされないでしょうねえ」

優秀な幼馴染《おさななじ》みがそれを考慮せず、期待を持たせるようなことは言わないと思う。けれど実際に頼るつもりもないので、ヨアンは黙ってケビンの指摘を聞き流した。

「私だけが、真にヨアン様を救うことができると思いませんか？」

「――――は？」

どの口が？　という発言に、ヨアンはぽかんとする。

「私だけだったでしょう？　学園でヨアン様を庇《かば》ってあげていたのは」

「何を言って、……そちらが仕組んだことでしょう」

「仕組むだなんて。身の程を教えて差し上げただけですよ。身分だけで貴方に味方する者は一人もいないとね」

そんなことは教えられなくても理解している。家族や親類にすら、味方はいないのだから。

「聖獣が疎んじてもかまわずに、図々《ずうずう》しくご機嫌取りとはね。行き場をなくしてやけになりましたか？　そうまでせずとも、私に縋ればいいんですよ」

「……っ」

大股《おおまた》で近寄ってくる男にぎくりとして、ヨアンは押されるように後ずさってしまう。足が椅子に当たってよろけたところで襟を掴《つか》まれ、薄笑いを浮かべたケビンの顔が迫ってきた。

「高みに手を伸ばした結果がこれです。死にたくはないでしょう？」

「それが聖獣様のご意思なら……従いますよ」

誤解があるなら解きたいとは思う。けれどヨアンが聖獣の祝福を受け取れないのは事実。それが許されないことならば、潔く諦《あきら》めるしかない。

ヨアンの答えはケビンの気に入らなかったようだ。

男はすっと表情を消し、掴んだ襟を乱暴に引いた。完全に体勢を崩したヨアンは、踏ん張ることもできずにベッドにたたきつけられてしまう。

「う……っ」

「つまらない虚勢はやめましょうよ。もうわかったでしょう？　聖獣が貴方に応えることはないんですよ」

「こたえて、もらえるとは」

わかっていても、言葉ではっきり突き付けられると心が痛む。これはヨアンを傷つけるために意図された悪意だが、正しく現実でもあった。

聖獣はヨアンに関心などない。毎日通い詰める人間をしばらく見ないなと気にしても、不便を感じることなくいずれは忘れ去るのだろう。

ヨアンに芽生えた思いも、ヨアン自身がこの先ずっと否定し続けなければいけないものだ。

「はは。それです。現実を受け止めきれず、耐えるしかないその目。――とても、そそる」

「は……？」

知らない言語だろうか。ヨアンは思わず呆《ほう》けてしまった。

(唐突に何を)

意味がわからず硬直している隙に、男の膝《ひざ》が股間《こかん》に強く擦りつけられる。

「うわ、なっ、に」

「俺に縋って助けを求めろ。お情けをください、とな。そうすれば囲ってやるよ。うちは公爵家ほど品格を気にしない。『使える』体があれば十分だ」

「……っ」

がらりと態度を変えて、ケビンが上から体重をかけて肩を押さえ込んできた。見下ろす顔は、まるで凶暴な捕食者のようだ。舐《な》めるような眼差しに背筋が粟立《あわだ》つ。

それが色欲の目だと気づいて、ヨアンは愕然《がくぜん》とした。ヨアンのベルトを緩めてズボンを下ろそうとする手を、慌てて掴み止める。体勢が悪くて力が入らない。

「やめろ！」

身を捩《よじ》って暴れるが、舌打ちした男にガツンとこめかみを殴られる。

「うう……っ」

くらりとして力が抜けた一瞬に、下半身が剥《む》き出《だ》しにされてしまった。じたばたと暴れるが、絶望的に劣勢だ。

（こんな男のものになるなんて、冗談じゃない）

同じ提案でも、マリウスはヨアンの選択に委ねてくれた。だがケビンは強引に奪おうとする。これは庇護でもなんでもない。ただの肉欲だ。

ぎらついたケビンの目が近づいてきて、顔を逸らす。首筋をべろりと舐める感触が気持ち悪い、吐きそうだった。男の顔面にこぶしを振るうが避けられる。下腹部に伸びる手を払って身を捩った。

どこかにチャンスがあるはず。ヨアンは無我夢中に抵抗を続けた。

「この、おとなしくしろ！」

「するわけ……っ」

ヨアンも厳しい訓練を受けた騎士なので、そう簡単には負けられない。徐々に苛立《いらだ》ちを見せるケビンは醜く顔を歪《ゆが》めて、ヨアンの襟を締め上げた。

「ちっ、懇切丁寧に説明してやったのに、まだ状況が理解できないのか？　楽しませてやろうと思ったが、調教が先だな」

「あ!?　……ぐっ」

ばちん！　と、全身に痛みを伴う鋭い衝撃が走った。

両腕がぱたりとベッドに落ちる。麻痺《まひ》の状態異常魔法だ。痺《しび》れた体はひくひくと痙攣《けいれん》し、自力で動かすことができない。

ケビンはにやりと口元を歪めてヨアンを見下ろすと、ゆっくり体を起こした。焦《じ》らすように下着ごとズボンが取り払われても、声を出すことすらできなかった。

足が大きく開かれる。不快な男の手が、くたりとしたままの陰茎を握り込む。

(……また、壊されてしまう)

ヨアンは茫然《ぼうぜん》と、『最後の日』を思い出していた。

あの人の宝ものが守れなかったと、後悔した出来事と同じ。今度こそと思ったのに、また誰かの手で壊されそうになっている。

(でも、今の俺は、あの人の宝じゃないから……)

聖獣に愛された宝でないなら、こだわることもないのだろうか。

「う……」

後孔に指を突き入れられて、痛みに顔をしかめる。いやだ。耐えられない。

どうしていつもうまくいかないんだろう。ひたすらに、できることをしてきただけなのに。彼らはいつも搾取する。自身を飾るための価値しか見ない。思いは届かない。自分はただ——。

(……誰かにとって、たった一つの宝ものに、なりたかっただけなのに)

じん、と左手の甲が熱を帯びる。

その瞬間、ヨアンは状況を忘れて目を見開いた。記憶の端を掴むような、何か大事なことを思い出しかけたような……。

「――何をしているんですか！」

「！」

大きな音とともに開かれた扉と鋭い声に、はっと意識が引き戻される。

声がしたほうへ視線だけ動かせば、バタバタと駆け込んできたのは三人の神官たちだ。すぐに状況を察したのか、一人が指示をして二人の神官がケビンを引き剝《は》がしにかかる。

「違う……！　これは誤解ですよ！」

「大丈夫ですか」

騒ぐ男を背に、一人の神官がヨアンに声をかけた。

麻痺のため身動きできないことに気づくと、眉を寄せて回復魔法をかけてくれる。少しずつ指先の感覚が戻ってきて、ヨアンはほっと息を吐いた。

「私は被害者だ！　こいつ……っ、ヨアン様が私を誘惑したのですよ！」

ケビンは後ろ手に拘束されながら、往生際悪く訴えている。苦し紛れにもほどがある言い訳に、呆《あき》れるしかない。

「いつも、同じような手口で……。私が何も、対策してないわけが、ないでしょう」

まだ痺れる腕をなんとか動かして、首元からネックレスを引きずり出した。

アクセサリーにするには大きな魔法石、そこには収音具が取り付けられている。学園でも活躍した、録音用の魔法道具だ。

「！　きさま……っ」

「やめなさい！」

暴れるケビンを神官たちが押さえつける。さらに彼の両手首を束ねるように、太いブレスレットが嵌《は》められた。魔力封じのアイテムは、監督以上の神官だけが持つことを許可されたものだ。

完全に抵抗を封じられたケビンは、「こんなことは間違っている」とわめきながら、二人の神官に引きずられていった。

声が遠ざかると、ヨアンは全身の力を抜いてベッドに倒れこんだ。

まだ混乱がおさまらない。自分が欲望の対象にされるなんて考えたこともなかった。ヨアンの意思を無視した暴力に、今さらながらに恐怖が込み上げる。

「起き上がれますか」

一人残った神官に声をかけられ、力なく顔を上げた。

そういえばまだ礼も言っていない。手を借りて体を起こすと、ヨアンは証拠の魔法道具を手渡しながら頭を下げた。

「ありがとうございます。……あの、メナールは」

姿を見せないメナールはどうしているだろう。彼が納得の上でケビンに役割を譲ったとは考えたくないが、そうでないなら何か問題が起こったはずだ。

「厨房《ちゅうぼう》の冷蔵室に閉じ込められていました。あまり時間も経っていないようなので、おそらく軽症で済んだでしょう」

「そうですか……」

やっぱり無事ではなかったらしい。それでも発覚が早かったのは、お互いに幸いだった。

安堵《あんど》はするものの、気持ちは晴れない。またヨアンのせいで彼を巻き込んでしまったのだ。

「申し訳ありません……。お手数をおかけしてしまいました」

「謝罪の必要はありません。メナールには貴方を呼ぶよう伝えるつもりでした。その過程で異常を知り、危険な魔法の行使も確認されたため、必要な対処をしたまでです」

「私を呼びに？」

「はい。聖獣様がヨアンを連れてくるようにと」

「聖獣、さまが」

びくりと肩が跳ねる。それはどういう意味だろう。まさか顔が見たいなどと、好意的な理由で呼び出すはずがない。

今は会うのが怖くて、身が竦《すく》んでしまう。自覚したばかりの感情の整理はまだできていないのだ。

そんな中で、唐突にケビンからぶつけられた悪意と欲望。

聖獣の無事な姿は見たいけれど、いろいろなことが起こりすぎて平静を保つ自信がなかった。

「移動する前に。これの他に、害のありそうな魔法道具は所持していますか」

ヨアンの困惑をよそに、神官は淡々と話を進めていく。録音用の魔法道具を示して問われ、肩を落とすようにため息を漏らした。

彼らはケビンたちほどあからさまにヨアンを嫌わないが、メナールほど同情的でもない。録音道具を害というが、ヨアンにとっては効果の高い必需品だ。

「それは……よく言いがかりをつけられるので、自衛のために持っていたものです」

今回のような行為ははじめてだが、ケビンは学園でも神殿でも前科がある。部屋に訪れた瞬間に魔法道具を起動させたのは正解だった。他でもないケビンが指摘したように、王宮神殿にヨアンの味方はいないのだ。この対策を責められるのは、あまりに理不尽すぎる。

「貴方の立場は理解しますが、わずかでも疑惑の元を作らないために、すべて没収します」

「それしか持っていません」

準備する暇もなかったから、という言葉は飲み込んだ。

この神官は録音の目的を疑わず正しく受け止めてくれたが、逆手に取る者もいるのだろう。だからこそ「疑惑の元」と言っている。

今後は私物の検査も厳しくなるのかと思うと憂鬱《ゆううつ》だった。

「動けますか。聖獣様の御前に立つのですから、身なりをきっちり整えてください」

「あ、はい……」

「何も持たず、余計なことは言わないように。私たちは貴方に対する警戒を緩めていません」

「聖獣様に対する反意はありません」

「言葉では何とでも言えます。聖獣様のご厚情に感謝し、行動で示してください」

取りつく島もない。だが立場上そう言うしかない様子だった。ヨアンの疑いは晴れたわけではなく、聖獣が業を煮やして命令したのだという。

嬉《うれ》しいと思うには動揺が激しく、まるで断頭台の上に立つかのようだった。

◇◇◇

会わなかったのは一週間ほどなのに、長年引き離されていたかのような気分だ。

最後に見たのが苦悶《くもん》の表情だったから、ソファにゆったりと腰掛ける姿を見ただけで安堵する。会うのが怖いと思ったのに、会ってしまえば心は歓喜した。自制は働かず、やっかいな感情を知ってしまったなと項垂《うなだ》れるしかない。

「お申し付けの通り、ヨアンをお連れしました」

敬礼し深々と頭を下げる神官にならい、ヨアンも礼をする。

一度は努力が認められたと喜び、何気ない仕草に親しみを感じて満たされた。けれど聖獣との隔たりは遠く、むしろ出会った当初よりも離れてしまったとすら感じる。

ケビンに襲われたあのときに掴《つか》みかけたと思った何かも、すっかり思い出せなくなっていた。左手の甲にあるのは、変わらず歪《いびつ》な形の円だけだ。

聖獣がヨアンに視線を向け、わずかに眉《まゆ》を寄せる。

初日を彷彿《ほうふつ》とさせる冷たい眼差しに、ちくりと胸が痛んだ。彼も、自身の不調はヨアンが原因だと考えるのだろうか。そうと明言されれば、それが真実になる。わざわざヨアンを呼び出したのは、釈明の機会を与えようというのか。

（どこまで守れるだろう……）

この一週間で、ヨアンは恋というには切実な思いを抱き、蓋《ふた》をして、壊されかけた。

そうして思い知ったのだ。自分はいつも献身して搾取されるばかりだった。けれど本当は、誰かの宝ものになりたかっただけなんだと。前世の少年も、『宝』という言葉をずっと大切にしていた。

今世でもそれが欲しいと聖獣に求めるのは、独りよがりの高望みだ。

宝にはなれない。恋心も報われない。一度芽生えてしまった思いを消すことができないなら、せめて自分だけはこの思いを慈しみたい。

聖獣に焦がれる気持ちはあるけれど、やってもいないことで罰を受けるわけにはいかなかった。

（毅然《きぜん》としろ）

ヨアンが己を奮い立たせていると、聖獣が腕を上げて軽く払うように手を振った。

退室の合図らしく、神官は一礼しながらヨアンへちらと視線を投げる。目顔で念を押されたが、これから何が起きてもそれは反意ではなく正当防衛だ。

せめてこの人には伝わってほしい。話は聞いてくれるはずだ。もうそれ以上は望まないから。

神官が去り、扉が閉まる。しんと落ちる沈黙に、ヨアンはそのときを待った。

（何を言われても、何もしていないと言う）

落ち度があるとすれば、苦しむ聖獣に適切な処置ができなかったことだけだ。

「何があった」

「なにも」

準備した言葉を言いかけて、ヨアンははたと黙り込む。

――何をした、ではなく、何があった？

「私に隠し事ができると思っているのか」

「何も……して、いません」

少し自信がなくなってしまった。この回答で合っているのだろうか。自分としては正しい主張のはずだが、なんだか食い違っているような……。

「紋を封じたところで、そこにある以上はわずかでも私と繋《つな》がりがある」

「え」

(封じた？)

まるでヨアンが拒絶したように言っているが、それよりも。

左手の甲を凝視する。繋がりはあるのだと、他でもない聖獣が断言した。

そっと紋を撫《な》でる。封じるとは何のことだろう。怪しいのは紋を縛る蔦《つた》だが、ヨアンにできるはずもない。そもそも聖獣の祝福を、人間ごときが封じられるものなのか。その魔法だって、祝福がなければ使えないというのに。

「動揺しているな。おまえが私を直視できないようなことがあったのだろう」

「……っ」

気が逸れた隙を狙うかのように言い当てられて、ぎくりと肩が揺れてしまう。

表面だけ繕っても彼にはわかるらしい。絶対に口にしてはいけないと戒めたもの。塞《ふさ》ごうとしても、顔を見たら簡単に溢《あふ》れそうになる恋心。不快げに問いつめられて、血の気が引く思いだった。

「……心が、読めるんですか？」

声が震える。左手を隠し、痛むほど押さえ込んでいないと足まで震えそうだった。

聖獣は険しい表情で目を眇《すが》める。ヨアンが自ら罪を告白することを待っているのだ。言い逃れを許さない鋭さに、罪悪感と焦燥感が押し寄せて思考が乱される。

「俺が……身の程知らずな、思いを抱いた、のは」

「……なに？」

「許されないと、わかっています。一度、失敗したくせに、性懲りもなく……っ」

思うことも罪だろうか。それさえも聖獣を傷つけてしまうのだろうか。感情の発露を抑えられない。

喘《あえ》ぐように息を吐くヨアンに、聖獣は戸惑うように目を見張る。

「待て。何を言っている？」

「それを消せというなら、死ぬしかない……！」

「っ、う……っ」

男が狼狽《ろうばい》の表情を見せた直後。苦しげに顔を歪《ゆが》めて座り込む姿に、ヨアンははっと我に返った。

「あ……っ」

まただ。やっぱりヨアンが原因なのだろうか。

青褪《あおざ》め、後ずさって扉に手を伸ばす。今度こそ神殿から罰せられることになるだろうが、考えている余裕はなかった。助けを呼びに行かなければ。

「――待て！」

だが、その行動を阻んだのは鋭い制止の声だった。同時に魔法なのか重圧なのか、その場に縫い付けられたように足が動かなくなる。視線だけで振り返れば、ふらりと立ち上がった男が険しい形相のままゆっくりと近寄ってくるところだった。

「おまえ……何を、持っている」

「え？」

立ち上がった聖獣は、思った通りヨアンよりずっと背が高い。あちらから歩み寄るなんて奇跡では、などと考えていられる状況ではなく。扉に縋《すが》りつくように身を竦める。

真上から見下ろす瞳《ひとみ》の青は陰り、ヨアンを見ているようで見ていない。

「……聖獣、様」

震えるヨアンの声にかまわず、男の手が左肩を掴んだ。力強いだけではない。その指からは鋭い爪が伸び、服を突き破って肌を裂く。

痛みに歯を食いしばり、ヨアンは必死に男を見上げた。何か疑われているようだが、神官に監視されていたヨアンが余計な物を持ち込めるはずがない。

誤解です。そう声になる前、聖獣は肩に爪を食い込ませたまま、勢いよく腕を振り下ろした。

「うあ……！」

服ごと肌を切り裂く強烈な痛みに、ついに悲鳴が漏れてしまった。

咄嗟《とっさ》に男の腕を掴んだが、びくりとも動かない。見上げた晴天の瞳がぎらりと光っている。怒りでも嫌悪でもなく、そこには理性がないようだった。

「聖獣様！」

これがただの破壊衝動だというなら、なおさら受け入れられない。

大声で制止を呼びかける。男の正気を呼び戻すためと、外にいるはずの神官を呼ぶためでもあった。けれど誰も来てくれない。そこまで分厚い壁だっただろうか。焦りと痛みで冷静な判断ができない。

「そこに、あるな」

低い声が落とされ、狂暴な爪が再び鎖骨を撫でる。今度は躊躇《ためら》いもなく骨ごと深く鷲掴《わしづか》みにした。

「ああ……！」

耐えがたい痛みに立っていられない。ずるりとその場に崩れ落ち、飛びそうな意識を必死につなぎ止めて聖獣を見上げた。

このままでは殺される。ヨアンの思いが不快ならそう言えばいいのに。消えろというなら二度と目の前に現れない。何も語らず言いがかりのような暴力を振るうなんて、聖獣といえども理不尽が過ぎる。

文句の一つも言ってやりたいが、とにかく今は逃げなければ。

聖獣の手が離れる。ヨアンは焼けそうに痛む傷を押さえながら、じりじりと男から距離をとった。

今なら逃げられる。彼が真っ赤に染まった右手を一心に見つめているうちに。

その手に持つ何かに気を取られているうちに――そう気づいて、ヨアンは目を見開いた。

聖獣の指先で仄《ほの》かに光る『それ』が、血を弾《はじ》いてあらわになる。

(――指輪!)

気づいた途端、愕然《がくぜん》としてヨアンは痛みを忘れた。

あれは、前世の少年が彼からもらったものだ。抉《えぐ》れた鎖骨に触れて茫然《ぼうぜん》とする。今、ここからそれを取り出したのか。ずっと体の中にあったのか。

(あの日、胸に抱いて……)

小さな指輪を抱きしめて眠った。暖かく包み込まれるように。それが少年の最後の記憶だ。

まさかそこから内側に取り込まれたのだろうか。だとしても前世の肉体は失われ、世界も越えて別の人間に生まれ変わっているのに。

呼吸を忘れて凝視する。男の手の中で、指輪はぼうと光の塊へと形を変えた。

「あ……!」

その小さな光が、吸い込まれるように聖獣の体に溶けていく。

未練がましく消えた指輪を追って、ヨアンは震える指を伸ばした。ここにあった。あの人が『宝』と言った証明が、ずっとここにあったのに。そうと知ったときには奪われた。

(……違う。この人は、取り戻しただけ……)

ヨアンが持っていてはいけないものだから。

現実を理解して打ちのめされる。脱力して落ちる手が力強く掴まれた。こちらを見据える瞳はなおも苛烈《かれつ》な光を宿していたが、恐ろしさよりもただ悲しい。

「――まだ、これだけではない」

聖獣の言葉に、ヨアンは目を細める。

男の口から鋭い牙《きば》が見えた。肩に食い込み、骨が軋《きし》む音を聞く。押し出される苦痛の悲鳴も、まるで他人事《ひとごと》だった。視界を滲《にじ》ませる涙は痛みのせいか、喪失感のためか。

（俺が持つものなんて、もうないのに）

もらったのはあの指輪だけだ。それでも、この人がまだあるはずと言うのなら。

（返したい。どこかに残骸《ざんがい》でも残っているなら、全部）

男が喰《く》らい、啜《すす》ったならば。彼の一部になれるだろうか。

いいなそれ。そう思って、ヨアンはそっと目を閉じた。

自分を守るつもりはあったけど、聖獣の大切なものを奪ったまま生き続けることはできない。やっぱり原因は自分にあったんだなと落胆する。溢れそうな恋心を嘆く必要はなかった。ただ想《おも》っていられればよかった。疎まれても、思うだけなら自由だ。本当はそれだけで満足できたはずなのに。

（最後に……、そうだ、死ぬ間際がいい）

頑丈な体が功を奏した。どくどくと命が流れ出る音を聞きながら、まだ意識を保っている。

聖獣が与える痛みを余すことなく受け止めて、そして最期の瞬間に名前を呼ぼう。この人が殺すのではなく、ヨアンがその名とともに終わらせるのだ。

（考えてみたら、この腕の中で死ねるなんて幸せなことじゃないか？）

前世では思い出だけだった人。頬を撫でる白銀の髪に、うっとりと頬ずりする。触ってみたいけど、腕が上がらないのが残念だった。

ふうっと血の気が失せる。深く深く落ちていく。

最後の力を振り絞って、ヨアンはひゅうと息を吸い込んだ。

「ベ……ノ、ァ……」

「――っ」

びくん、と男の体が揺れた気がした。すべての感覚が遠ざかる。

ヨアンは失敗したな、と思った。最後まで呼べなかった。

愛しい男の血肉となり糧となることを夢想して、少し堪能しすぎたらしい。今回もまた、後悔で終わるようだ。

そしてもう、次はない。

目が覚めたヨアンは、見慣れない天井の模様をぼんやりと眺めていた。

ここはどこだっただろう、よく眠った気がするのに体が怠い。重い頭を動かして景色を変えれば、知った男の姿を見つけて一気に覚醒《かくせい》した。

「……っ」

「無理に起きようとするな」

聖獣だ。彼の部屋で、彼のベッドで、なぜかヨアンが眠っていた。

布団を撥《は》ね上げて起きようとしたのに、中途半端に体勢を崩してしまって男に支えられる。それすら恐れ多くて、ヨアンはベッドについた手を必死に突っ張って頭を下げた。

「ごっ、無礼、を……っ」

「無礼ではない。覚えていないか？」

こうなった状況を聞かれて、ヨアンははっとする。なぜ自分は生きているんだ。そんな疑問を抱くと同時に、目の前の男にされた暴虐の記憶が蘇《よみがえ》る。

ひくりと頬を引き攣らせて見上げると、男はぱっとヨアンから手を放した。

「もう何もしない」

そう言った聖獣の瞳は、理性的な落ち着きを取り戻している。

ヨアンを気遣う様子を見せ、触れるぞと声をかけて楽な姿勢をとらせてくれた。

「傷は癒したが、だいぶ出血してしまった。まだしばらくは動かないほうがいい。神官にも、おまえを休ませるようにと伝えてある」

「……神官に？　あの、あれからどれほどの時間が……」

「丸二日だな」

「……!?」

「なぜ起きようとする」

ぎょっとして身を起こすが、またくらりと目を回してしまった。全身が重くて、思うように動かせない。一秒でも早くこの状況から逃げ出したいのに。

「ベッドを！」

「私はソファでもかまわない」

「私がかまいます……！」

やっぱりベッドを占領していたようだ。聖獣をソファで寝かせるなんて。泣きそうな思いで、自分こそ床でもいいのでと訴えても聞き入れてもらえない。

どうせ彼に運ばせるわけにもいかないのだから、這《は》ってでも移動しよう。

慎重に体勢を変えようとしたところで、目の前に聖獣の手が差し出される。移動を聞き入れてもらえたのかと思ったが、その指先に見えたのはあの青い指輪だった。

「……っ」

手を伸ばすが、寸前で握りこんで隠されてしまう。

ヨアンは力なく聖獣を見上げた。無意識に手が出ていたが、あれはヨアンのものではない。取り戻すのではなく、彼のものを奪おうとする行為だ。

「おまえは何者だ？　なぜ、契約の欠片を持っている」

「……契約……？」

何かを問われるとは思ったが、予想もしない内容にヨアンは首をかしげる。

再び開かれた手のひらに載る指輪。戸惑いながら男の顔と見比べる。話の流れから、この指輪のことを言っているのだとはわかるのだが。

それがどういうものなのか、ヨアンは知らない。もらったときに聞いたのかもしれないが、少年の記憶に残っているのは『宝』と言われた言葉だけだ。

「あの、それは……、いただいたものです」

「……」

「あ！　別の誰かではなく、聖獣様から」

「……なんだと？」

疑わしげに眉《まゆ》を寄せる男に、慌てて付け加えた。

やはり聖獣は覚えていないようだ。貴方からもらったものだ、とはっきり言っても納得した様子はなく、本当は別人なんだろうかと不安になってしまう。

「聖獣様だと……思います」

けれど彼がその指輪を自身に関わるものだと認識しているなら、別人のはずはない。

ヨアンはすべてを話すことにした。神の子である聖獣を騙《だま》すことはできないし、隠す意味もない。

思い出してほしいという願望もあった。

「自分でも、夢と区別がつかない部分はありますが……」

語るのは、ここととは違う世界で生きた少年の話だ。

幼いころに男と出会い、この指輪をもらったこと。少年にとってのお守りで、最後の瞬間まで大切に握りしめていたこと。ただし宝と言われたことまでは言えなかった。「私は貴方の宝です」などと、さすがにそこまで押しつけがましくはなれない。

「……その世界の私は家族の縁に恵まれず、不憫《ふびん》に思われたのだと思います。優しく慰めていただいて、それがとても嬉《うれ》しかったんです」

家族に恵まれないのは今もだが、前世とは異なる特殊な世界のため嫌われる原因がはっきりしているし、理解もできる。比べるものではないが、どちらがより不憫かといえば、前世の少年のほうだろう。

黙って話を聞き終えた聖獣は、そのまま深く思案しているようだった。

伏せた睫毛《まつげ》が意外にも長いなと、ヨアンは場違いに感動する。これまでは少し距離のある斜め上からの視点だったが、今はベッド脇に座る男の目線とほぼ変わらない。

無心に見つめていると、聖獣がその形のいい唇を開いた。

「ヨアン」

「……。えっ」

遅れて心臓が跳ねる。

（今、名前を）

聖獣は顔を上げると、目を剝《む》いて凝視するヨアンへさらに続けた。

「私の名を呼んでみろ」

「え⁉」

想像を超える発言が立て続けに降ってきて、動揺が抑えられない。

簡単に言ったが、とんでもない命令だ。

「お許し、いただけるのですか？」

「私が許す必要はない」

あっさり否定されて、ぐっと唇を嚙《か》みしめる。その名の持つ力を、他でもない聖獣が知らないはずはないのに。まさかヨアンに死ねと言っているのだろうか。

「……あの、私は聖獣様に命を捧《ささ》げる覚悟ができています。ですがこうも唐突に、理由もなく奪われるものではないと思うのです。確かにご不快な思いをさせてしまいましたが」

「ヨアン」

「……」

声には怒りも苛立《いらだ》ちもないのに、その低音で呼ばれる自分の名前に胸が震える。

反則だ。どんな制止の言葉より力がある。

「呼びなさい。あのとき、呼んだだろう？」

「……あれは、ですが、最後までは……」

だから生きているのではないか。

もごもごと言い訳するも、聖獣の晴天の瞳《ひとみ》がひたりと突き刺さって尻窄《しりすぼ》みになる。これは見逃されそうもない。

ヨアンは上目で男の表情を窺《うかが》った。断罪の眼差しではない、と思う。傷を癒してベッドの提供までした相手を、こんなふうに殺そうとするだろうか。そもそもヨアンはそのために名前を呼んだ。最後までは言えなかったが、放置しておけば死んだはずだ。

（意味があって命じるなら、答え合わせの猶予くらいはくれるよな……）

ヨアンは意を決すると、爆発しそうな心臓を押さえて息を吸い込んだ。

「――べ、…ノア、ルド……さま……」

途切れ途切れでも、言い切った。

大きく肩を上下させるヨアンの口元に、聖獣の指先が触れる。

「もう一度」

「……ベノアルド様……」

その瞳を見つめて名を呼んだヨアンに、男は満足そうに微笑んだ。

唇に触れた指は褒めるように頬を撫《な》で、離れていくのを名残惜しいと感じてしまう。

「ヨアン。おまえは私の契約者だな」

「……え？」

「私の名に耐えられるのは、契約者のみだ」

言葉はわかるが、その意味がわからない。

ぽかんと呆《ほう》けるヨアンと違い、聖獣はすっかり疑問が晴れた表情だ。さっきも契約と言っていたが、指輪がその証明らしい。

「いや、待ってください。それは、つまり、アレイジムは……、今の国王陛下は……」

「私はずっと眠っていたのだろう。契約の更新はない。そもそも私は誰かと契約した覚えがない」

聖獣と契約を結んでいるのは国、王家のはずだ。国という概念とは契約の結びようがないから、対象はおそらく歴代国王。他国ではそうして王位とともに契約が継承されると聞く。

「なぜ契約を交わした記憶がないのに、ここに留まっているのか。今思えば、思考に蓋《ふた》がされていたような……違うな。奪われていたから、気づけなかった」

「私が奪ったからですか？」

「おまえが持っていたこれは、成立した契約の一部であり『核』だ。本来は私の中にあるものだが、おまえの内側に無理なく溶け込んでいた。対の契約者だからだろう」

契約とは、聖獣をこの地に因縁づかせるためのもの。

聖獣と契約者の結びつきはとても深く、その関係性によって様々な形を成すのだという。通常は聖獣が無形化して自身の内側で守るが、一部を相手に持たせても不都合はないらしい。その場合は可視化され、物理的に手に取れる。

両者にとって契約とは、単純な約束事ではなく、互いを守護する力にもなるのだそうだ。

「おそらく奪われたのは、核以外。奪ったところで、他人の名が刻まれた契約だ。契約者は変わらないし、無理に取り込もうにも私の契約を上書きできるはずもないが……」

聖獣は手の中にある指輪をじっと見つめている。契約の核を取り戻したことで、これまで気にならなかったことが気になりだしたようだった。

「ええと……よく、わからないのですが」

「なんだ」

「聖獣様と契約が成立しているのが私で、あの日に指輪の形で一部を渡し、それから他の部分が奪われたとすると……」

正確には渡されたのはヨアンではなく前世の少年だが、ここに至ってはもう同一でいいだろう。

「契約者がもっと以前から私だったように聞こえるのですが」

「そう言っている」

「いえ、でも、それならなおさら、なぜ聖獣様はこの国にいるのですか……」

ヨアンのはじまりは前世の少年だ。あの日に指輪を受け取ったなら、当時すでに契約者だったことになる。それよりさらに幼い頃の記憶はないが、いったいいつ契約者になったのか。いずれにせよ少年が生きていたのは別世界で、この国どころかこの世界ですらない。

その一方で、アレイジム王国は千二百年も前に聖獣ベノアルドと契約を結んでいる。以降、現在に至るまで間違いなく祝福は続いているのだ。この事実を否定することはできない。

「アレイジムの建国王と契約されたのですよね？　その後も継承されているはずの契約を私が持っていたら……私が奪ったことにならないですか？」

指輪をもらうとき、彼は契約に関する話をしていただろうか。幼い少年の記憶力では、たった一つの印象的な単語を覚えているだけ。

「千二百年前からこの国にはずっと聖獣様の祝福があるのに……、なぜ異世界に生きる私が契約者になれたのでしょう」

「……」

そもそもこの世界に生きる人間のために神が遣わす聖獣が、異世界人と契約するというのも不思議な話だ。同様に疑問に思うのか、聖獣は険しい表情で黙り込んでいる。その違和感が苦痛をもたらすらしく、ぐっと目を閉じて痛みを耐える様子に、ヨアンは慌てて前言を撤回した。

「あ……っ、忘れてください！　余計なことを」

「いい……、すぐに、落ち着く」

狼狽《うろた》えるヨアンの手を握り、聖獣はゆるく首を振った。

「……おそらくこれは、奪われた契約の影響だ。核を持つおまえが現れたことで、本来の契約を思い出そうとしている。だが……継《つ》ぎ接《は》ぎだらけで、どこへ手を伸ばせばいいものか……」

彼は核を取り戻したことで喪失を知った。喩《たと》えるなら、渇きを癒やすためがむしゃらに水を求めるように。失ったものを取り戻そうと、内側で力が暴れ出すのだそうだ。その本能を抑えきれなかったのが、あの暴力的な行為だった。

思い出してびくりと肩を揺らすヨアンに、聖獣は自嘲《じちょう》気味に微笑んでみせる。

「怯《おび》えることはない。もうおまえには何も残っていないと知っている。この欠片を、持たせてやりたいとは思うが……」

「いっ、いいんです。それは聖獣様のものです」

「名を」

「……」

「呼んでくれ。……思い出せるかも、しれない」

吸い込まれるような晴天の瞳を見つめて、ヨアンは背を押されるように口を開いた。

「……ベノアルド様。お預かりしていたものを、お返しいたします……」

「ヨアン。いつかまた、おまえに預けると約束しよう」

◇◇◇

それからのヨアンは、聖獣の指名による神殿騎士としてそばに侍ることになった。

やることはほとんど変わらない。加えてこれまで神官が直接聖獣に伝え確認していたことも、ヨアンを介するようにと言われただけだ。

紋なしから聖獣のお気に入りへ。やっかみはあるようだが、万が一にも手を出して聖獣の機嫌を損ねてはたまらない。ヨアンに対する批判の多くはケビンが先導していたこともあって、神殿騎士たちは目も合わさずに避けていく。

立場は一変したが、ヨアンは周囲の戸惑いにまったく頓着《とんちゃく》しなかった。意趣返ししてやろうとも思わない。今日も変わらずに厨房《ちゅうぼう》で湯を沸かし、メナールと挨拶《あいさつ》を交わし、ティーセットの載ったワゴンを押して聖獣の部屋へと向かう。

三度ノックして返事がないのは相変わらず。けれど扉を開ければ、ベノアルドは本を置いて穏やかな微笑みとともにヨアンを迎え入れてくれた。

「――鳥がお好きなんですか？」

紅茶を口に含む横顔を間近に見つめて問いかける。世話役だからと頑《かたく》なに固辞しているのに、命令されて同じソファの隣に腰かけているのだ。眼前にある美しく精悍《せいかん》な顔立ちは絶景だが、歓喜が溢《あふ》れそうでヨアンはいつも苦労している。

こちらに視線を投げたベノアルドは、意図を問うようにわずかに首をかしげた。

「鳥が描かれた本が多いように思いまして……。今も表紙をじっくり眺めていましたし、挿絵にお手を止めたり、説明書きを何度も読み返していたり」

「……見すぎだな」

「ベノアルド様のご興味を引くものを探したくて」

前世からの影響で深く感謝しているし、恩を返したいと思っている。話をしたときにそう伝えたので、ヨアンの努力と献身が媚《こ》びを売るためでないことは彼も知るところだ。

「意識したことはなかった」

「飼われたいご様子ではないので、もしや食べたいのかと」

「……私を獣だと思っているのか？」

ぎゅっと眉《まゆ》が寄るが、ヨアンは慌てなかった。彼は短気ではない。喜怒哀楽を隠さず表現するが、感情のままに行動することはないと知っている。

止められなかったのは、契約の喪失に気づいたあのときだけ。それも聖獣の視点から見れば、無抵抗のヨアンなど弱すぎて大層な力を発揮するまでもない。本気で制御が外れていれば、今頃ただの肉塊になっていただろう。

ベノアルドは『我を忘れて』とは言わないから、あれでも加減されていたのに違いない。おかげでヨアンに聖獣の名を呼ぶ余地が生まれ、彼は正気に戻ることができた。間一髪、というにも命がけだが、奪われた側である聖獣を責める気にはなれなかった。

「ええと、そのお姿を拝見したことがないので、獣と思っているわけではなく……。ただ白狼とお伺いしているので、獣と嗜好《しこう》が似ているのかと考えました」

「姿は似ているが獣ではない。この姿をしていても人間ではないようにな」

「あ、なるほど……」

納得するしかない説明だった。人の姿をして人と同じように接しているが、ベノアルドを人間だと思ったことはない。彼は聖獣、神の子だ。

「食事は必要ない。人でいえば嗜好品だな。なくてもいいが、味わうことはできる。鳥をあえて生のまま食べようとは思わない」

「申し訳ありません……」

ヨアンは自身の短絡的な思考を恥ずかしく思いながら、俯《うつむ》いて謝罪した。

その様子にベノアルドはふっと表情を緩ませる。幸いにも機嫌を損ねるまではいかなかったようだ。

「おまえは？」

「え？」

「何を好む？」

「あ、あの……」

「私以外だ」

「こっ、このんで、など！」

思わずひっくり返った声で叫んでしまう。ぎゅうっと心臓が竦《すく》む思いで恐る恐る見上げれば、ベノアルドの楽しそうな眼差しとぶつかった。

「そういえばあのとき、何を言いかけた？」

「あの、とき……」

「身の程知らずな思いとは？」

「あ……！」

神官を追い出して問われたことだ。何があったと聞かれて、ヨアンの動揺を言い当てられた。

あのとき、ショックを受けたヨアンは混乱して口を滑らせて……。

「ち、ちがうのです、それは」

「違う？」

「ちが……」

彼に念を押されると、否定できなくなる。嘘を言えない。かといって、本当のことも言えない。

契約者と言われて気を許してもらってはいるが、それとこれとは別問題だった。

「違うのか、残念だ」

「……っ」

残念だなんて。はくはくと息を繰り返すばかりで、何も言葉にできない。

ヨアンは悲しく思いながら、なんとか声を絞り出す。

「……おたわむれ、を」

「たわむれたわけではない。本気で言った」

ベノアルドはそう否定すると、腕を伸ばしてヨアンの頬に触れた。

「残念だ。こうして触れることは……まだ恐ろしいか？」

男が近づくと体が震えてしまうことがある。毎回ではないが、あのときに近い状況だとそうなりやすい。

それに気づいてから、ベノアルドはヨアンと目線を合わせてから動くようになった。気遣いされるたびに負い目のようなものを感じる。けれど嬉《うれ》しくないはずがなかった。

ふるりと否定するように首を振れば、男はふっと目を細める。

「では……好ましい？」

否定できない。だが、否定しないことが肯定だった。

見上げる視線の先には、晴天の青。

遠い昔に見た愛おしげな眼差しが近づいて、そっとヨアンの唇に温かい吐息を吹き込んだ。

◇◇◇

「あの……、外には出られないんですか？」

「なに？」

何度も口づけを繰り返し、大きな胸に抱え込まれるように寄り添っていた。

ベノアルドから同じ思いを返されたと自惚《うぬぼ》れることはできないが、契約者であるヨアンを信頼して慈しむ心は確かに感じられる。それは思いがけない幸運だった。

もっと浸っていたいけれど、ヨアンだけが満たされてもよろしくない。

「鳥を見るのがお好きなら、本ではなく庭へ出ませんか？　ガゼボもありましたよ。神官たちが利用するところも見ないので、ベノアルド様のための庭だと思うのですが」

ヨアンが知る限り、ベノアルドが部屋の外へ出たことは一度もない。まだここに来て日は浅いが、日々の生活を見ていても窓の外に興味を向けることさえなかった。

鳥ならば空にいくらでも飛んでいる。部屋の中で本やオブジェばかり眺めることに、不自然さを感じてはいたのだ。

「庭……」

はじめて聞いた言葉のようにベノアルドは目を瞬く。だが不意に顔をしかめて呻《うめ》き声をあげるから、ヨアンは慌ててその肩を支えた。

「す、すみません、また余計なことを」

「余計ではない……」

ベノアルドはそう言うと、ヨアンを胸に抱いて痛みを堪えているようだった。

彼がこうして不完全な契約と、かみ合わない記憶に苦しむ頻度は、日に日に増えている。

きっかけがヨアンだったなら、そばにいないほうがいいのでは。そう伝えたこともあるのだが、離れることは許されなかった。それよりも名を呼んでくれと望まれるから、ヨアンは男の背を撫《な》でながら、小さく何度も呼びかける。

「ベノアルド様」

「……そうだな。なぜ私は外へ出ないのだろう……」

しばらくして苦痛が治まってきたのか、ベノアルドはヨアンの肩を抱いたままそっと体を離した。

窓の外を眺め、はじめてその景色を知ったかのように目を細める。

そうしてヨアンへ視線を戻すと、うっとりとするような眼差しで微笑みかけた。

「では、今日は外で休憩することにしようか」

「……えっ、今すぐですか？　あ、それなら紅茶を淹《い》れ直し……」

「いや、何もいらない。このまま向かおう」

唐突な提案で、慌ててカップを片付けようとするが止められる。庭に出ることが目的だからと、手を引かれてヨアンは茫然《ぼうぜん》と立ちあがった。いつもゆったり構えている人が、こんなに性急に動こうとするとは思わない。

部屋を出た聖獣は、案の定おおいに注目を集めていた。

年に一度の神事に顔を出すだけらしく、ほとんどの神殿騎士は聖獣を間近に見たことがないのだ。

回廊を歩み、見えてきた庭を眺め、男は何かを思うように眉を寄せる。王国史でヨアンが知る知識として、聖獣は千二百年のおおよそすべての期間を眠って過ごしていた。さすがにその当時と同じ景色のはずはなく、この二十数年で庭に出たこともないなら、感慨にふける理由があるとも思えない。

庭に下りる手前で、慌てた様子の神官二人が駆け寄ってきた。

「な、なりません、許可が……！」

「許可？　誰の許可だ？」

制止の声にベノアルドが問う。この声色は、本気で不愉快と感じているようだ。

「っ、それは……神殿長が……」

答えながらも顔を見合わせ困惑する神官たちに、ヨアンはそうなるだろうなと心の中で同意する。

聖獣に命令できる者などいるはずがない。たとえ契約者であろうと、主導権を握るのは聖獣だ。神殿の管理を任されるだけの長が、何を制限できるというのか。

神官たちも聖獣と神殿長、どちらの命令を優先するかと聞かれれば、聖獣と答えるしかない。

「聖獣様が外へ出るのは……祝福に影響が……」

「そんなものはない」

「内庭に出るだけです。神聖堂の外に出るわけではありませんから」

「そ、それなら……」

ヨアンのフォローに、神官たちは戸惑いながらも渋々頷《うなず》いてみせた。他でもない聖獣が祝福に影響はないと断言し、神聖堂から出るわけでもない。それさえ禁じてしまえば監禁も同然だ。

聖獣を縛る規則はなく、彼らはそれ以上ベノアルドを止める手段を持たなかった。

「ふん……」

回廊で立ち尽くす神官たちを置いて、ベノアルドは一歩ずつ確かめるように広い庭を歩く。

緑の芝を踏み、色とりどりの花を観賞する。木々の葉は風にそよぎ、傾いた日が心地よい熱を伝えてくれる。ガゼボで椅子に腰かけたベノアルドは、開けた空を見ようと少し身を乗り出した。

「空は広いな。風が心地よい」

「聖獣様の特性は風でしたね」

「そう。……内に籠《こも》るなど、愚かなことだ」

ベノアルドは頷き、軽く宙を撫でるように手を振った。すると風が動き、ガゼボの周りに見えない壁が作られたようだ。外だからと名を呼ぶのを控えたヨアンに気づいたらしい。

「声を遮断しただけだ。――ヨアン。おまえのおかげで、私は契約を奪われたことを知った。風を奪われていたこともな。……誰であろうと、許すつもりはない」

「私がその者を探します」

「おまえは何もしなくていい。契約の糸を手繰っているところだ。近くにあることはわかっている」

一瞬剣呑《けんのん》に光ったベノアルドの瞳《ひとみ》は、すぐに伏せられて見えなくなった。ヨアンの前では怒りの感情を見せないようにしているのだ。

何もするなというが、本当に自分にできることはないのだろうか。

もどかしく思うヨアンに気づいたのか、ベノアルドは言い含めるように言葉を続けた。

「あまり動くと気づかれる。核はこちらにあるが、土台を奪われて不安定な状態といえばわかるか。あちらに傾けば、再び意識が塗りつぶされる恐れがある」

「そんな」

契約は聖獣の意思であり、記憶とも直結する。その大半が奪われながらも、核を取り戻したおかげで異常を知った。だが失《な》くしたものの切れ端を掴《つか》んでも、思うようにその先へ進めないのだという。

「誰かが書き換えようとしている。もちろん簡単にできることではないが……。それを許してしまうほど、私が聖力を落とすような出来事があったのかもしれない」

「聖力を……」

ベノアルドはふっと自嘲《じちょう》するように笑い、空を掴むように右手を持ち上げた。その手のひらに指輪を見つけ、ヨアンは窺《うかが》うように男を見つめ返す。

「おまえに預けておこう」

「え、ですが」

「持っていなさい。私のそばにいるなら、どちらにあっても変わらない。おまえが契約者と知る者はいないから、最も安全な隠し場所ともいえる」

ベノアルドが差し出した指輪は、小さな青い光になってヨアンの左鎖骨のあたりに溶けていった。

これなら奪おうにも奪えない。確かに安全な隠し場所ではある。

「……また、ここですか？」

「すっかり定着しているな。心配しなくとも、今度はあのようには取り出さない」

そうは言うが、古傷に触るような、でもやっぱり嬉しいような。複雑な気持ちで鎖骨を撫でるヨアンに、ベノアルドは目を細めて柔らかく語りかける。

「万が一のことがあっても、核さえ無事なら完全に奪われることはない。もし私がおまえを傷つけようとしたら、名前を呼んでくれ。ヨアン」

その言葉にヨアンは大きく頷いた。

これはヨアンだから任されたこと。ベノアルドからは指輪だけでなく、信頼も預かったのだ。

◇◇◇

さらに数日後、神殿図書館でマリウスと会うことができた。

ヨアンが謹慎になってから顔を合わせていなかったので、かなり心配していたようだ。何度か通ってくれたようで、ようやく会えたと安堵《あんど》の表情を浮かべていた。

「申し訳ありません。ご心配をおかけしました」

「心配したが、元気そうで安心した。詳細は伝わってこないが、疑いは晴れたようだな」

マリウスのもとにも、ヨアンが聖獣に危害を加えたという報告が届いたらしい。神殿にはヨアンを庇《かば》う者がいないし、侯爵家の後ろ盾もない。幼馴染《おさななじ》みでしかないマリウスが介入する理由も作れず、随分と気を揉《も》ませたようだ。

「はい。タイミングが悪かっただけのようです。聖獣様が取り計らってくださり、助かりました」

「関心はなくとも、罪なき人間を見殺しにするほど非情ではないんだな」

マリウスの評価には、素直に頷いた。もしもヨアンでなくとも、ベノアルドなら正しい証言をしてくれたはずだ。彼がヨアンを呼べと言ったのは、契約者と確信する前だった。

「今もまだ聖獣の世話役を続けているのか」

「はい。あの、その件でといいますか、マリウス様に聞きたいことがあるのですが……」

会えたのは偶然だが、会えるだろうかと期待もしていた。ヨアンは図書館によく通うし、マリウスも以前から時間を作って顔を覗《のぞ》かせてくれていたから。

あらたまったヨアンの質問に、マリウスはもちろんと頷いて奥へと促した。神殿図書館は多くの人が利用する場ではないが、上級魔法の専門書が並ぶエリアは特に人の気配がない。マリウスのような多角紋以外には使い道のない資料が置かれているだけだ。

「どうした？」

「マリウス様は聖獣のことにもくわしいようでしたので」

「くわしいというほどでもないが」

聖獣が人の姿で過ごすことや、名前を呼ぶ意味など、ヨアンが知らなかったことをマリウスは知っている。逆に侯爵家でありながらヨアンが知らなすぎただけだろうが、今はマリウスのように多方面から情報が得られる人の協力が必要だった。

「聖獣の契約を奪うことはできるのでしょうか」

「……おまえ、まさか……」

その質問はあまりに想定外だったらしい。マリウスは一瞬虚を突かれたように黙り込んだあと、ヨアンに怪訝《けげん》な眼差しを向けてきた。

「いえ、私ではありませんよ！」

企んでいると思われたなら誤解だ。アレイジム王国の聖獣でありながら少年が契約者だったことを思えば、否定しきれない部分はある。だが少なくともヨアンではない。

慌てて首を振るヨアンを物言いたげに見つめながらも、マリウスは問《と》い質《ただ》すことなく答えてくれた。

「国家間で奪い合いがあるほどだ。つまりできないことはない。だが契約は聖獣主体、聖獣が認めなければ成立しない。奪うというより、心変わりというのが正しいだろうな」

「心変わり……」

「とはいえ、めったに聞く話ではない。紙切れ一枚の契約とは違い、神の子との契約だ。聖獣自身も、契約には義理堅く一途《いちず》であるという。ただ、有名なモランテの話もあるからな」

亡国モランテ。聖獣と契約を交わしたものの、たった百年で滅びた国だ。

聖獣を抱える国は、どこもモランテの悲劇を繰り返さないよう次代を戒める。聖獣の契約を勝ち取った当人が亡くなれば、その後を受け継ぐのは血族といえどもしょせんは別人。代が変われば考えも変わる。だが聖獣は変わらない。見過ごせない出来事が起これば捨てることもあるだろう。

継承者たちは、その当然の事実を理解しなければいけない。

「おまえをそこまで思いつめるような何かがあったのか」

「そうではなく……」

否定したにもかかわらず、マリウスの疑いは晴れていなかった。

信用がない気もするが、それほど案じてくれたのだと思えば、安易に聞いたことを後悔もする。もっと婉曲《えんきょく》に聞くべきだったたか。

「王宮神殿は女人禁制が徹底されている。聖獣の情を得ようと忍び込む女が続出したからだが、そのため騎士団以上に強引な男色行為が横行しているらしい」

「え」

突如として多すぎる情報が飛び込んできた。

どこに動揺すればいいかわからず、結果すべてに動揺したヨアンにマリウスの目が眇《すが》められる。

「おまえのように若く小さい男は、欲望の対象にされやすい」

「っ、誰から。いえ、その話は今はどうでもよく！　それに私は小さくは」

「ヨアン」

マリウスやベノアルドに比べれば小さいし、鍛え上げた騎士団の中では間違いなく埋もれる。けれどヨアンはまだ十八で成長途上だ。背もそれほど低くないし、期待は持てると思っている。まるで華《きゃ》奢《しゃ》な少女のような言い方は不本意だ。

そんなヨアンの抵抗は、マリウスの鋭い眼差しに封じられた。

「どうでもよくはない。まずはその話からだ」

幼馴染みは時として、親より怖い。

ヨアンの場合、父の侯爵は遠い人だったので、昔からマリウスの態度を判断基準にしていた。深層心理に植え付けられたそれは、今も有効のようだ。

「あの……本当に何も。いえ、未遂で……。罰は与えられたと聞いています」

言い逃れを許さないマリウスの視線に、何もないとは言えなかった。

とはいえ、ヨアンにはその後の聖獣による暴力のほうがこたえたので、ケビンのことは正直どうでもいいと思っている。されたことを忘れたとは言わないが、考えなければ済む話だ。今はそれ以上に気掛かりなことがあるし、マリウスに報告するほどの出来事とは考えていなかった。

「罰とは」

「……地下の独房室に……」

「生ぬるい。数日閉じ込めたところで、堂々と怠ける口実を与えるだけだ」

「聖獣様が、二度と私の目に触れないようにと言ったので、大丈夫……かと」

「聖獣が？」

あの日ベノアルドが「何があった」と聞いたのは、直前に起きたケビンの事件が関係していた。ヨアンが感じた絶望感は表情にも表れていたようで、ベノアルドは純粋に心配したのだという。

その後は聖獣自身がヨアンを傷つける側になってしまったが、この件も忘れてはいなかった。彼もまた今のマリウスのように真剣に問い質し、そしてケビンにはさらに重い処分が下されたのだと聞いている。

「聖獣が神殿騎士の処分に口を出したのか？」

「そうなりますね……」

マリウスは、聖獣がヨアンを庇ったことに懐疑的のようだ。

現在のベノアルドは、奪われた契約のために過去を失っている。思考力はあるが契約者の不在に気づかず、意識が麻痺《まひ》しているも同然だった。違和感をそうと気づくこともなく、そのため何に対しても無関心に見えたのだろう。

「聖獣様から奪うのではなく、彼が奪われているんですよ」

ヨアンはマリウスにそれらの事情を説明した。もちろん自身が契約者であることは隠して。

なぜヨアンにそんな重要なことを話すのかとまた疑われたが、味方がいない自分だからではと言い訳すれば、消極的ながらも納得はしてくれた。

それよりも、聖獣の契約を奪う輩《やから》がいる事実を見過ごすわけにはいかないと思ったようだ。

「気になることはある」

そう言ったマリウスに、ヨアンははっとして身を乗り出した。

「本来聖獣は自由だ。この国を祝福の拠点と定めたなら、どこにいようとそれは変わらない。神殿を出てもいいし、王都を離れてもいい。短期間であれば祝福の範囲を離れても問題はないらしい。だがどうも今は、神殿長がその行動を制限している印象がある」

「神殿長……」

ベノアルドが庭に出ることを止めようとした神官たちも、神殿長が、と口にしていた。

「聖獣は神殿長を信頼し判断を任せていると聞く。神事にもほとんど姿を見せず、聖獣の気が進まないようだと説明されていたが……、どうもそれさえ情報操作している可能性があるな」

信頼どころか、今の彼は神殿長に対して苛立《いらだ》ちを感じているはずだ。それ以前も、誰に対してもそうであったように神殿長を気にする様子はなかった。

風を封じられた、と言っていたベノアルド。興味関心を封じられ、空を飛ぶ鳥を眺めることさえ忘れていた。そんな彼を思うと、ふつふつと怒りが湧いてくる。

「世話役もそうだ。主に卑しい身分の者が選ばれる。教養がなく礼儀を知らない者、身の程をわきまえず自滅しそうな者」

どき、と心臓が跳ねたが、幸いにもマリウスはヨアンの動揺には気づかなかった。

「結果的に貴族騎士たちの道楽につながるわけだが……聖獣のお気に入りを作らないためとも言われている。おそらくは余計な情報を与えないように、その言動を徹底管理するために」

「……ひどい話ですね」

「聖獣が長い眠りから覚めたのは二十年以上前だったか。俺の知る限りでも、その生活ぶりは変わらない。納得の上なら問題はないのだろうと思ったが、おまえの言う通りなら、モランテの二の舞になりかねないな」

マリウスは憂慮するように顔をしかめて腕を組んだ。彼は次期公爵としても、王国の一大事になりかねない事態を深刻に捉《とら》えているようだった。

「ヨアン。おまえは本当に聖獣に気に入られたのか？」

すでにその話も聞いていたようだ。マリウスによると、オルストン侯爵も神殿関係者に接触したという。「話が大袈裟《おおげさ》に伝わっている」と否定されたらしいが、事実と知ればどうするつもりだったのか。無慈悲に追い出したくせに、聖獣と親しくなったと聞いて態度を一変させるとは呆《あき》れた話だ。

「……わかりません。ですが私は……聖獣様によくしていただいて、お役に立ちたいと思っただけです。国のことは考えていませんでした」

マリウスに前世の話はできないし、契約のことも言えない。それでもこれだけは本心だった。

慎重に説明するヨアンをじっと見つめ、マリウスは困ったように小さく笑みを浮かべる。

「はあ。しばらく会わないうちに、俺の小さな幼馴染みは随分と成長したようだ」

呆れたような声に、ヨアンは肩をすくめてその顔色を窺《うかが》った。口調ほどに機嫌は悪くなく、マリウスからは意味深な眼差しが送られる。

「ヨアン。以前俺が言ったことを覚えているか？」

「は、い」

俺のものになるか、と言ったマリウスの提案を覚えている。

ケビンにも自分に縋れと迫られたが、受け取る印象はまったく違う。比べるまでもなく、あの事件を経てもなお、マリウスの発言に嫌悪感を抱くことはない。

「答えを聞かせてくれ」

「お申し出はありがたいですが……」

ヨアンはベノアルドを選んだ。相手は聖獣、報われるとも結ばれるとも思っていない。

契約者だと知る以前から、自分はあの人の役に立つと決めていたのだ。思いを自覚してからも離れることは考えられなかった。宝ものにはなれなくても、そばにいられれば嬉《うれ》しかった。

今はただ、ヨアンを忘れないでいてほしい。それだけを願っている。

「俺は本当におまえを心配しているんだ。弟というには過ぎた愛情だと自覚している。おまえであれば、将来的に伴侶《はんりょ》として迎えることを躊躇《ためら》うつもりはない」

「公爵家にご迷惑をおかけしてしまいます」

「何か言われたのか？　俺たちの仲は誰もが知るところだ。今さらその程度で揺らぐ公爵家ではない。考える必要があるのは後継者のことだけだ」

確かにマリウスは、昔から誰に憚《はばか》ることなくヨアンの味方だった。学園で不当な扱いを受けたのは、在籍期間が重ならず庇護《ひご》が遠かったから。だが、その先で待ち構える王国騎士団でのマリウスの影響を恐れて、直接は手を出さない者がほとんどだった。

「どうやらお役御免らしいな。以前なら反論しても、俺に嫌われないかと罪悪感が見えた。今はもっと別のことに気を取られている」

「マリウス様……」

「とはいえ相手が聖獣では、俺も簡単にこの立場を退くわけにはいかないな。おまえが心穏やかに安定して生きられると確信するまでは」

「……過保護が過ぎるのでは？」

「それこそ今さらだろう」

マリウスは肩をすくめ、ヨアンに向かってにっと明るく笑ってみせた。

「おまえは一度こうと定めてしまうと、曲がらないからな。しばらくは様子を見させてもらう」

今回のヨアンは意地だけで言っているのではないが、そうと察しても逃げ道を用意するのがマリウスだ。この先もしも聖獣の契約が奪われて、ヨアンが一人放り出されても、マリウスだけは手を差し伸べてくれるのだろう。

その優しさに縋《すが》って諦《あきら》めるつもりはないが、彼は間違いなく心強い味方だった。

「話を戻すが。今の神殿長は不審な点が多い。おまえたちが懸念する通りのことを画策するなら、なおさら油断はできない。気になることがあっても、決して一人では動くなよ」

「……はい」

動くなとは、ベノアルドにも同じように言われている。ヨアンには何もできない。いや、契約の核である指輪だけは守らなければいけない。

けれど、ただじっと事態が過ぎるのを待てばいい、というわけにはいかなかった。

◇◇◇

――鳥は庭で眺めるから、それ以外の本を。

ベノアルドの要望を受けて、ヨアンは再び図書館を訪れていた。

以前は鳥であればなんでもいいのかと手当たり次第選んでいたが、実際ベノアルドには特にこだわりがないらしい。なにしろ暇を持て余しているので、読書くらいしかすることがないのだ。

あえて体を鍛えなくてもあの体格を維持できるのは、羨望《せんぼう》を通り越して腹立たしい。思わずジト目で見てしまったヨアンに気づいて、部屋でできるストレッチには付き合ってくれるようになったが、それはそれで恐れ多いことだった。

（魔法知識は必要ない、実用書も違うかな。意外に娯楽小説は気に入ってるみたいだった）

神殿図書館にも文学の分野は古典を中心に多く置かれている。世相を反映した娯楽小説は少ないが、神殿の品位を損なわない程度の内容であれば、蔵書として認められるようだ。

ヨアンはその手の本は読んだことがなく、ベノアルドのためにあらすじの確認だけしている。おもしろそうだなと思っても、今はなかなか読む時間が作れない。

（神聖堂を出てもいいなら、一緒に選びに来てもよかったな）

今度はそうしよう。ベノアルドとできることを想像するのは楽しい。

ヨアンは小さく微笑んで、選んだ三冊を抱え直した。あと二冊は欲しいなと並ぶ背表紙を流し見ながら、ふと視線を感じて振り返る。

通路側にいたのは、学園の制服を着た小柄な少年だ。丸い頬と二重の瞳《ひとみ》が幼い印象を作り、ふわふわと跳ねた金髪が可愛《かわい》らしさを強調している。けれど本を探すわけでもなく、ヨアンを見てにんまり微笑む様子が穏やかではない。

近づいてくる少年に合わせてゆっくり向き直ると、彼は口元だけで笑みを浮かべて軽く会釈した。

「こんにちは。貴方がヨアン・オルストン卿《きょう》ですね？」

「……ええ」

「ああ、よかった！　聖獣様のお世話役という貴方にお会いしたかったんですよ」

聖獣と聞いて緊張が高まる。

単なる好奇心のようには見えない。何が目的でヨアンに声をかけるのか。

「あ、ごめんなさい、ご挨拶《あいさつ》が遅れました。僕はイングル伯爵家のエニスといいます」

高位貴族に対するには丁重さを欠いた礼だが、ヨアンが警戒を強めたのは別の理由だった。

エニスと名乗った少年の左手に見えるのは、最上位の星形六角紋。現在アレイジム王国には、マリウスを筆頭に四人の六角紋がいるが、彼がその一人のようだ。

ヨアンが慎重に礼を返すと、紋なしを見たエニスの眼差しに侮蔑《ぶべつ》の色が浮かぶ。それは馴染《なじ》みのあるものなので、今さら屈辱を感じたりはしない。

「お話を伺ってもいいですか？　聖獣様は今どのように過ごされているんですか？」

「……読書をしながら、日々を穏やかに過ごされています」

「へえー」

読書と聞いてエニスはヨアンの抱える本をちらりと一瞥《いちべつ》した。反応はそれだけで、聖獣がどんな本を読むのかといった興味はないらしい。彼の本題は別にあるようで、きっかけを得たエニスは意味深な笑みを浮かべてみせる。

「でも聖獣様は、あまり具合がよくないのでしょう？」

「……」

それは神殿で箝口令《かんこうれい》が敷かれ、一部の者しか知らないはずの情報だ。ヨアンが動揺を隠して黙り込むと、エニスは得意げな表情で近寄ってきた。

「もちろん知ってますよ。だって僕が関係しているんだから。それはね、伴侶を求めてるからなんですよ。僕がまだ成人してないから、お待たせしてしまってるんです」

ヨアンは眉《まゆ》をひそめて訝《いぶか》しく思う。彼は何を言っているんだろう。ベノアルドから伴侶の話など、一度も聞いたことがない。

聖獣にとって人間は庇護の対象。彼らは人間が魔素に汚染されないために祝福を与え、ただ見守るだけの存在だ。寿命のない聖獣と人間が伴侶になるなんて、物語にもならない夢語りにすぎない。

「でももうすぐですよ。僕と結ばれたら苦しみから解放される。あの方も待ちわびてるでしょうね」

けれどエニスは確信しているようだった。

アレイジム王国では十六で成人の儀を行う。貴族や一部の豪商などは学生の間は未成年同様の扱いを受けるが、婚姻が認められるのは十六から。その年を迎えたから神殿に来たのだと、彼はとても可愛らしく微笑んでみせた。

さらに近づくエニスに圧《お》され、下がったヨアンの背が本棚にぶつかる。エニスは上目に見上げ、憐《あわ》れみのこもった眼差しで囁《ささや》いた。

「貴方の役目はそこで終わり。僕の『ベノアルド様』を返してくださいね」

「……‼」

ヨアンは愕然《がくぜん》とエニスを見下ろした。

勝ち誇った笑みを浮かべ、だがエニスはすぐに嫌悪感もあらわにヨアンから体を離した。茫然《ぼうぜん》と固まったままのヨアンに気づくと、自身の紋を見せつけるように口元にかざす。

「あは……、まさか本気でお気に入りになれたって勘違いしてるんですか？　ただの気まぐれですよ。貴方は紋なしでしょ？　聖獣様の寵愛《ちょうあい》を受ける資格があるとでも？」

「……」

エニスの言葉が胸に刺さる。締め付けられるように息が苦しい。

（名を、呼んだ？）

耐えられるのは契約者だけだと聞いていたのに。その契約者はヨアンだと、他でもない聖獣が認めてくれたのに。

「僕が今、証明してみせましたよね？　無駄な希望なんて捨てて、せいぜい身の程をわきまえてくださいね」

毒のある言葉に抵抗するすべがない。エニスは確かに証明したのだ。

（じゃあ……俺は？）

契約者が二人なんて、あり得るのだろうか。確かに王国との契約がどうなっているか定かではない今、ヨアンとの契約も正しい形なのか判断できない。ベノアルドがそうと言うから信じただけだ。

それともエニスが契約を奪った犯人だろうか。まさか契約が書き換えられてしまったのか。もしそうなら、ベノアルドにも何らかの影響が出ているはずだ。確かめに行かなければ。

（でも、そうじゃないなら？）

エニスこそが本物の契約者だったら。

ベノアルドはヨアンだと言ってくれたけど、今の彼は実際には覚えていないのだ。ヨアンは記憶をなくす前の彼が気まぐれで欠片を渡しただけの通りすがり。そのおかげで名前が呼べたのだとしたら？

(……ベノアルド様……)

エニスが去った静かな空間に、ばさりと本が落ちる音が響いた。

縋るように左の鎖骨に触れても、ヨアンには何も感じ取れない。繋《つな》がりを実感することはない。ベノアルドが苦しむのは、実はエニスと離れているからなんだろうか。

胸が痛む。呼吸の仕方がわからない。

ヨアンはベノアルドと思いを交わすことを期待はしていなかった。彼は誰ともそうならないと思っていたからだ。

けれど彼を癒す伴侶がいると知ってしまえば、もうだめだった。ベノアルドが自分ではない誰かを愛し慈しむ姿を見たくない。

彼を思う感情は、こんなに醜く束縛的なものではなかったはずなのに。

ヨアンは途方に暮れて、力なく立ち竦むしかなかった。

進展と決意

「随分と時間をかけていたな……」

部屋を訪れたヨアンに顔を上げたベノアルドは、ふっと眉根《まゆね》を寄せて言葉を途切れさせた。

片手を上げて誘うように呼ばれ、ヨアンはおずおずと近づいていく。できれば来たくなかったが、頼まれていた本を渡さないままではいられなかった。

テーブルに三冊の本を置いてすぐに離れようとするも、鋭い視線に射竦《いすく》められてしまう。

「何があった？」

「……っ」

せめていつも通りの態度でと思うのに、顔を見てしまうと気持ちを抑えることができなかった。

ベノアルドはエニスを知っているのか。伴侶がいるのに、なぜヨアンにキスをしたのだろう。

「……契約を、横取りしたのは、私だったのではないですか……？」

ぽろりとこぼれてしまった言葉に、ベノアルドの目が問うように細められる。

真実はどこにあるのか。奪われた彼に聞いても困らせてしまうだけ。わかっているのに、一度溢《あふ》れた言葉は止まらなかった。

「……聖獣様の、名前を呼ぶ者に、会いました」

「なんだと？」

「自分を……貴方の伴侶《はんりょ》だと。もうすぐ結ばれて、そうすれば苦痛もなくなる、って……」

目を見張るベノアルドの反応に胸が締めつけられる。知られたと思っただろうか。険しい表情でどこか空を睨《にら》む様子が、言い訳を考えているようにも見える。

(なんて酷《ひど》い嫉妬《しっと》なんだ)

言い訳なんて、彼がヨアンにする必要はない。こうして責めてしまう自分こそが責められるべきだ。

ベノアルドの視線が再びヨアンに向けられ、思わず逃げるように目を伏せてしまった。

「おまえはそれを信じたのか?」

「……だっ、て」

咎《とが》めるような声に、無意識に押さえていた左肩がびくりと震える。

ベノアルドの言葉だけを信じたい。けれどヨアンには証明できるものが何もない。契約の核を持っているから、名を呼べるから契約者。それらは今のベノアルドが判断したものだ。

そもそもその前提が違っていたとすれば? いけないとわかっていても、悪い方向にばかり思考が向かってしまう。

「……貴方は、覚えていないんでしょう? でも彼は貴方の名を呼んだんです。契約者にしか呼べない名前を!」

「おまえも呼べただろう」

「それは……っ、俺が、あの指輪を……」

「ヨアン」

エニスが得意気に彼の名を呼んだとき、なんて浅ましい顔だろうと思った。

きっと自分も同じ。ベノアルドに「おまえが契約者だ」と言われ、優越感を感じなかったといえば嘘になる。上位の存在に気に入られれば欲が出る——とは、マリウスの言った言葉だ。自分は大丈夫と思っていたのに、気づけばその通りになっている。

情けなくて恥ずかしい。拒否するように首を振るヨアンに、ベノアルドは重ねて呼びかけた。

「ヨアン。来なさい」

「……」

その晴天の瞳に命じられてしまえば逆らえない。

ヨアンはふらふらとソファに近寄ると、ベノアルドが示すまま隣に浅く腰掛けた。

言葉もなく肩に手が伸ばされ、ぎくりと体が強張《こわば》ってしまう。男は宥《なだ》めるようにそっと肩を撫《な》で、ゆっくり離れていった手には青い指輪をつまんでいた。

「私がおまえに、自らこれを渡したのだろう？　まさか偽りを話したのか？」

「……違います……それ、だけは。でも、それこそが、気まぐれだったのかも……」

ヨアンは指輪を凝視して、膝《ひざ》の上でぐっとこぶしを握りしめた。

幼い少年がうっかり落としてぶつけても、傷もつかない不思議な指輪だった。あの人から受け取り、今世でもヨアンのもとに現れた契約の核は、間違いなく本物だと思っている。

ただ、彼がどんな意図で渡してくれたものだったのか。宝と言ってくれたことさえ気まぐれだったなら、ヨアンの足元は崩れ落ちてしまう。

「世界を渡ることはできるのだろうが……、今の私はしようと思わない。膨大な聖力を使う上に、意識のない本体だけを残していくことになる。私自身が無防備になるということだ」

ベノアルドはあの日のように、ヨアンの手を取って指輪を握らせた。

「それほどの危険を冒してまで、私はこれをおまえに渡した」

それをたかが気まぐれと思うか。そう問われて、ヨアンはぐっと唇を噛《か》みしめる。

神の子といえども世界は自由に行き来できない。むしろ神の子だからこそ、神が支配する世界から外れることはできない。それならそこにはきっと、何か大事な意味があったのだ。

渡された指輪をつまみ上げ、恐る恐る小指に嵌《は》めてみる。節に引っかかって少し小さい。少年の頃は大きく感じたのに。

「世界を渡ったからこそ、私は聖力を失った。これ以上なく納得できる理由だ。おまえに核を渡すために契約は形ある状態にしていただろうから、そこで残りを奪われたと考えれば……油断したな」

世界を渡るリスク。ヨアンには想像もできないが、それは彼が著しく力を落としてしまうほどの行動だった。そのリスクの先にいたのが、前世のヨアンだ。

「弱った私から契約を奪うことはできても、簡単に書き換えることはできない。ただし奪われた私がそれを忘れてしまえば、いずれ契約自体が衰える」

「……そんな」

「私の意識から切り離されたものだ。可視化されていれば契約の綻《ほころ》びを見つけることも容易いだろう。そのため干渉を許し、一部を書き換え……あるいは、おまえに持たせたように内側に取り込むことさえてきたかもしれない」

前世も今もヨアンは苦もなく内側に持っているが、これは聖獣の存在ごと受け入れているも同然のようだ。人間に耐えられるはずがなく、それができるのが契約者だという。

「私の意思を伴わない不完全な契約ではあるが、それに耐えられる者がいるとすれば……祝福上位者、か？」

「！」

はっと息を呑《の》む。祝福が多く出た者ほど、聖力への耐性があるのだそうだ。マリウスはベノアルドの名前を思い浮かべるだけで畏怖《いふ》が襲うと言っていた。祝福上位者は畏怖という防御が働くことで、ある程度なら耐えられるらしい。

「……彼は六角紋でした」

「六角か。その程度であれば、衰えた聖力といえども耐えられるとは思えないが。取り込めたのは、まだほんのわずかなのだろうな」

「その程度って、現在の最高位ですよ」

「なにが最高位だ。中程度だろう」

「中程度……？」

世界を見渡しても六角紋以上の祝福持ちはいない。過去に確認された最高でも八角紋。六角紋が中程度なら、まさか伝説の十角紋は現実にあり得るのだろうか。

ヨアンは自分の紋なしを見下ろして途方に暮れてしまった。六角紋が一人いるだけで軍事力に十倍の差が出るとまでいわれるのに。これを彼の目に触れさせることすら罪深い。

ベノアルドもヨアンの視線に気づいたようで、神妙に眉《まゆ》を寄せた。

「おまえの紋は歪《いびつ》だが……それは形のことではない。おまえ自身は無力なのに、私の祝福を拒絶するほどの抵抗力を持っていることが矛盾している」

「拒絶など……」

「そうだな。無意識のようだが、聖力に抵抗するのだから尋常ではない」

聖獣に尋常ではないと断言されてしまった。

ヨアンは複雑な気持ちでもう一度紋を見下ろした。恥ずべきものであったのに、今は得体が知れずに不気味だと感じてしまう。

「ま、魔物化したりは？」

「祝福同様、魔素さえもはねつけているようだから魔物化はしない。ただ、祝福だけ届いても魔法が使えない可能性はあるが……」

「そう、なんですか……」

安心していいのか、なおさら不気味に感じるべきか悩んでしまう。

ヨアンの昂《たかぶ》っていた感情はすっかり勢いを失っていた。ベノアルドは悄然《しょうぜん》と項垂れるヨアンの手を開き、つまみ上げた指輪を再び肩に触れさせる。

「ヨアン。私は契約を奪われたが、聖獣として生まれた意味や、神から与えられた知識まで失ったわけではない。これを持つおまえこそが契約者であり、私が求めるのはおまえしかいない」

光の塊がするりと鎖骨に溶け込んでいく。じんわりと温かく感じるのは気のせいだろうか。

ベノアルドにここまで言われて、疑い続けることはできなかった。それでも、喜び以上に自己嫌悪が勝るのは、自覚してしまった醜い感情のせいだ。

「……俺は、あ、浅ましいんです。伴侶と聞いて嫉妬した。貴方が誰かを思うことが耐えられないと思ったんです。……貴方が、世界を越えてまで会いに来たのは、俺じゃないから……」

「だが、私はそのことを覚えていない」

だからそれが、と言いかけて、ヨアンは言葉を飲み込んだ。

ベノアルドは契約を結ぶに至った過程を知らない。それでもヨアンを認めてくれたのだ。契約の核を持つという証拠はあるが、認めず取り上げて破棄してしまえばよかったのに。

「今の私がおまえと出会い、拒絶しながら感謝を捧《ささ》げようとする不審なおまえを見守ってきたんだ」

「不審……」

「うるさいほどの視線でずっと私を見ていただろう。わずかな邪念もなく、その献身に偽りがないことはすぐにわかった」

不審だったのか、とヨアンは熱い顔を隠すように俯《うつむ》いた。

視線がうるさいと何度も注意されたが、思えばあの頃から自分はとっくに浮かれ切っていたのだ。

そのくせ最も重要な祝福は拒むのだから、不審に思われても仕方がない。

「……貴方の祝福を、拒絶したいわけじゃないのに……」

「祝福が届かないなら、私が直接守ればいい」

耳元で囁《ささや》くように告げられて、ヨアンの心臓が大きく跳ねた。

今さらながらに距離が近い。逃げようと身じろぐも、阻むように腰を抱かれて逆に引き寄せられてしまった。

「不足か？」

重ねて耳に吹き込まれた声に、ヨアンの背がぶるりと震える。何を不足と言っているのだろう。混乱して何も考えられない。

「みっ、身に、余る……ご厚情を……」

「ヨアン。聞きたいのはそのような言葉ではない」

顎《あご》の下を撫でられて、くいと上向かされる。あたたかな晴天の瞳《ひとみ》が、ヨアンのすべてを許すように見つめていた。ヨアンの浅ましさを知ったのに、その先を聞きたいと促してくる。

逆らえるはずがなかった。ヨアンは観念して、懺悔《ざんげ》するような気持ちで本音を口にする。

「……嬉《うれ》しい、です……」

「ああ。おまえが喜べば私も嬉しい」

愛しげに細められる眼差しが、ヨアンの胸を切なくうずかせた。

もう一度キスしたい。願った瞬間に怯《おび》えて顔を背けようとするけれど、ベノアルドの指が阻止するように引き戻す。唇が触れるほど顔が近づいて、ドッと心臓が音を立てた。

「ヨアン。……私の名を、呼んでくれ」

額同士をくっつけて、ベノアルドに求められる。

この部屋に来てから、ヨアンは一度も聖獣の名前を呼んでいない。エニスがその名を呼んだことにショックを受けたせいだ。自分には資格がないと思った。ヨアンが諦《あきら》めてしまったものを、他でもない彼が望んでくれる。

「ベノアルド様……」

直後に口づけが与えられた。以前の優しいだけのキスではなく、呼吸を奪うような激しいキスだ。口内をむさぼる舌の動きに翻弄《ほんろう》されてしまう。粘膜同士が触れあう刺激に驚いて引っ込めようとするのに、角度を変えてさらに深く絡み合う。その熱に、ヨアンはいつの間にか夢中になっていた。閉じた瞼《まぶた》の裏が熱くなる。彼はいつも許して、求めて、与えてくれるから。ヨアンの感情はいとも簡単に決壊してしまう。

縋《すが》るように背に腕を回すと、褒めるように頭を撫でられた。うなじから背に、ベノアルドの腕はそのまま腰まで下りていき、ぐっと強く引き寄せられる。

「ん……っ、え!?」

ふわりと浮遊感を感じて、慌てて縋る腕に力を込めた。尻《しり》の下を支えて抱き上げられている。そのまま歩き出すから、ヨアンは驚いてベノアルドの肩を押した。

「おっ、重いですから！」

「重くはないが、危ないからじっとしていなさい」

言葉の通り、ベノアルドは苦もなく室内をすたすたと歩いていく。

ベッドに降ろされたヨアンは、そこで初めて意図を悟ってびくりと男を見上げた。

ベノアルドはとても機嫌がよさそうに微笑んでいる。彼はヨアンの左手を取ると、視線を合わせながらその指先に口づけた。

「ヨアン。どうか私を受け入れてくれ」

「……っ」

(ずるい)

ベノアルドが、聖獣が、ヨアンに乞《こ》うている。優越感を通り越して怖気《おじけ》づき、それでも抑えきれない喜びに打ち震えた。

ヨアンの気持ちを知っているくせに聞くなんてずるい。けれど同時に、彼はヨアンが怖がることを心配したのかもしれない。確かに無理強いをされたことはあったが、いつまでも別の男の影がチラつくほうがいやだった。

「俺も……、欲しがって、いいんですか?」

「おまえにしか許さない」

その答えに、ヨアンはたまらず男の背に腕を回していた。腰を抱かれ、口づけを受けながらベッドに押し倒される。深まるキスに必死にこたえているうちに、するすると服が脱がされていった。

(愛されたい)

ヨアンは自然にそう願っていた。ベノアルドの愛が欲しい。体を繋《つな》げることがその証明になるなら、一刻も早く与えてほしかった。

「あの……っ、俺、作法を、知らなくて」

手間をかけさせたくないと思うのに、ヨアンは前世を含めて経験がない。侯爵家で与えられる最低限の知識だけだ。色恋や肉欲にふける精神的余裕もなく、生理現象の自慰しかしたことがなかった。

「作法などない。好きなようにすればいいが……、迷うなら私の顔を見ていなさい」

「う……」

これは揶揄《からか》われているのだろうか。恨めし気に見上げると、自身もブラウスとズボンの前をはだけさせながら、ベノアルドはふっと笑みを浮かべた。これまでのような慈愛の笑みではなく、雄々しさすら感じる笑みを。さらに陰影のくっきりした素晴らしい体が眼前に晒《さら》され、ヨアンは思わず見惚《みと》れてしまった。

硬直するヨアンの手を取り、ベノアルドはじっと視線を合わせながらその手のひらに口づけた。びくりと震えた腕を逃がそうにも叶《かな》わず、指の股《また》を舌先でくすぐるようになぞられる。人差し指をくわえてねっとりと舐《な》められれば、覚えのない感覚に腰が震えた。

目を離すこともできず、ヨアンはふるふると小刻みに首を振るしかない。

「……た、耐えられません……っ」

「はは」

ベノアルドは声を上げて笑うと、ヨアンの手を解放して左の鎖骨に口づけた。

「ならばこちらに集中して……」

「んん！」

舌が肌を伝い胸の尖《とが》りを舐め、軽く歯が当てられる。

「どう感じたか、私に教えてくれ」

「あ……！」

あらわにされた性器に、男の指が触れる。ヨアンの体はすでに興奮して、ゆるく勃《た》ちあがっていた。先端を指先で擦られると、みるみる先走りがこぼれて水音が耳に届く。

「はずかしい、です……っ」

「恥ずかしいだけか？」

思ったままの感想を伝えたのに、男の手は止まるどころか速度を増した。大きな手で幹を包み込んで擦られると、あっという間に高められて絶頂へ押し上げられる。

「あ！　あっ、きもちぃ……！」

男の手が与える快感は強烈すぎた。堪える間もなく、目を見開いてがくがくと腰を震わせてしまう。茫然《ぼうぜん》と呼吸を荒らげるヨアンの頬に、ベノアルドが褒めるようにキスをした。けれど指の動きは止まらない。くたりとした性器をなぞりながら会陰を押し上げてくる。

「はっ、あぅ……っ」

指が往復するたびに声がもれてしまう。足が大きく開かれて恥ずかしいのに、直後に新しい刺激を感じて意識が逸れる。吐き出した精が後孔へつたい、塗り込むように男の指が差し込まれた。

「う……」

「もう少し濡《ぬ》らすぞ」

そう言って自身の指を舐めるベノアルドを、ヨアンは陶然と見上げてしまう。

（あのときは嫌悪感しかなかったのに）

思い出しそうな記憶を振り払い、早く、とベノアルドに手を伸ばした。指を絡めて一緒に舐められて、そのまま後ろの蕾《つぼみ》へと導かれる。

「ここに、私のものを受け入れるんだ」

「あ……っ」

同時に押し付けられた熱に、全身が発火したように熱くなる。見下ろした男の欲望は筋が浮き、腹につくほど太くいきり立っていた。

（あれが、この腹の中に……）

想像するだけで興奮した。未知の体験なのに、まだ入らないと言われて切なく男を見上げてしまうほど。開いた足を支える自分を、はしたないと恥じる余裕もなかった。

「もう、欲しいです、はやく……！」

「まだだめだ。ヨアン、あまり煽《あお》るな……」

中を広げて擦りながら、ベノアルドはヨアンの反応を慎重に探っているようだった。

指とはいえ、ベノアルドの一部が体内にあると思うだけで嬉しい。その感触を必死に追っていると、内側から新たな感覚がせりあがってきた。

「あ！　あ、なに……っ」

「そう、その感覚に集中して……」

「あーっ、それ……！」

がくんっと腰が跳ね上がり、ヨアンは混乱してベノアルドを見上げた。男も興奮を隠せないように眉《まゆ》を寄せていて、その眼差しにヨアンの胸は熱くなる。

「ベノアルド様……」

「ヨアン……愛している」

「ああー……！」

押し入ってくる熱に、ヨアンは歓喜の悲鳴を上げた。

男の体に見合った立派な陰茎は、ヨアンの腹を目いっぱいに押し広げている。痛みはあるが、それを凌駕《りょうが》する興奮と快楽だった。打ち付けられ、襞《ひだ》を削ぐように引き抜く刺激に身悶《みもだ》える。深く抉《えぐ》られるたびに腰が跳ねるのに、男に強く押さえられて快感が逃がせない。

「あ！　あぅ、……あーっ」

初めて感じる強すぎる快感に翻弄される。

「くる……っ、ベノア、ル……っま、おれ……！」

「ああ……もう少し。もっと気持ちよくなるから……」

激しい突き上げのたびに、快楽が押し寄せてうまく言葉にならない。もっと、もっと。ベノアルドの声に導かれるように、ヨアンはどんどん高みに上っていく。

「あ、や、もう、もう……っ、ぁ――っ！」

脳天を突き抜けるような快楽に、ヨアンは全身をぎくん、と硬直させた。

激しい絶頂に攫《さら》われた体を、ベノアルドが広い胸の中に抱え込む。直後に体内を濡らす感覚を得て、ヨアンはまた小さく絶頂した。

彼も同じように感じてくれたのだと知って、安堵《あんど》とともに酔いしれる。

熱い背中を撫《な》でると、ベノアルドが目を細めてヨアンにキスをした。触れるだけの優しいキスに、こちらから舌を伸ばして絡ませていく。

(この人を独占したい)

ベノアルドが求めるのは自分だけであってほしい。許すのも、与えるのも、愛するのも。彼のすべての感情が欲しい。欲しがってもいいと、彼が言ってくれたから。

「……ベノアルド様、愛してます」

「ああ……ヨアン」

身の程知らずな思いを口にする。

彼が嬉しそうに微笑んでくれるから、ヨアンはもっと欲しがって足を絡めた。強く抱きしめ返されて、心地よい拘束にうっとりと目を閉じる。

繋がったままの体を揺らされて、おさまる気配のない熱に身をゆだねた。

◇◇◇

翌日の早朝、ヨアンは神殿騎士団の隊長室に呼び出されていた。

そこには隊長だけでなく神殿長とエニスの姿もあり、嫌な予感に背筋がひやりとしてしまう。

「聖獣様の世話役についての話だ」

神殿長は六十代前半頃、薄目を開けて不満そうな顔の男だが、いつ見ても同じなのでこういう顔立ちなのだろう。

マリウスは評判が悪いと言ったが、それは神殿の外での話。神殿長は神官と神殿騎士や、貴族と平民を区別せず、王宮神殿内では公正な人物として知られている。寛容というよりも平淡。強い主張などもなく、王家との関係も良好らしい。

「こちらにいるエニス様にも、聖獣様のお世話役として入っていただくことになった。しばらくは引き継ぎと、仕事に慣れるためにも二人で行動するように」

「……エニス、様と……ですか」

その公正な神殿長がエニスを敬称付きで呼ぶ意味。聖獣の伴侶《はんりょ》で間違いないと、神殿上層部が認めたということだ。

ちらりと視線を投げた先、神殿騎士隊長の横ですまし顔のエニスが直立している。彼はまだ学生だが、環境に慣れるため昨日から神殿入りしていたらしい。

エニスをベノアルドに会わせたくはない。彼はヨアンを愛していると言ってくれたし、その思いを疑うつもりはない。けれど、自身こそが聖獣の伴侶と主張するエニスがベノアルドに近寄るのは我慢できなかった。

「……難しい、仕事ではないので、二人もいらないように思いますが……」

「数日は流れを見るためにヨアンにもついてもらうだけだな。礼拝の日を終えれば役割分担する。聖獣様の対応はエニス様、準備はヨアンに任せよう」

「私は、聖獣様から直接ご指名いただいてますが」

「それは伴侶がいらっしゃらなかったからだ」

「……分担する必要性は？　一人でも十分対応はできます」

「聖獣様の伴侶であるエニス様に、下働きのような真似はさせられまい」

「ヨアン。これは決定事項だ。控えなさい」

何を言っても神殿長の顔色は変わらない。淡々とヨアンの質問を受け流し、見かねた騎士隊長が苛《いら》立《だ》った様子で叱りつける。

「よろしくお願いしますね、ヨアン様」

エニスがヨアンに向き直り、にこりと可愛らしく微笑んだ。その眼差しに浮かぶのは嘲笑《ちょうしょう》の色。

（……何が公正だ）

神殿長はベノアルドに確認もなく伴侶の話を進めている。けれどまるですべて了承済みであるかのようだ。彼に聞けば間違いなく否定されることなのに、ヨアンがそこまで深い話ができる関係とは思いもしないからなのか。

ヨアンがそんなことは聞いていないと言ったところで、たかがお気に入りの意見など聞き流すだけに違いない。エニスを伴侶と認める決め手が聖獣の名を呼ぶことなら、ヨアンも呼んでみせれば彼らはどんな反応をするのだろう。

（でも今、こっちの手の内を見せるわけにはいかない）

神殿長が聖獣を意のままにしようと企むなら、エニスの存在も邪魔に思うはず。お気に入り以上に伴侶のほうが関係は深いのだから。それが邪魔にするどころか後押ししている。ならばこの二人は、利害の一致した関係と考えるべきだろう。

「ヨアン、エニス様をおつれしなさい。聖獣様にご紹介を」

「……はい」

「神殿長様、ご配慮ありがとうございます。行ってまいります」

今のヨアンには、この決定を覆すような発言権はない。拒否すれば、自分の知らないところでエニスがベノアルドに会いに行くだけ。それなら一緒に行くほうがいい。

焦燥を押し殺してヨアンは退室の礼をとり、足早に部屋をあとにした。続くエニスは行儀よく神殿長たちに挨拶《あいさつ》し、軽やかな足取りで追いついてくる。

「聖獣様に関わるお仕事から外されたわけじゃないんですから、悲観しないでくださいね」

おおいに毒を含んだ挑発だった。一度は掴《つか》みかけた希望を寸前で取り上げられる気分はどうだ、と。

エニスの身分は、実家の爵位でいえばヨアンに劣る。だが六角紋は別格だ。ヨアンが紋なしというのも、さぞ都合がいいことだろう。誰もヨアンに肩入れしないから、エニスはどこまでも強気になれる。

「あ、そうだ。僕が伴侶ということ、まだ聖獣様には言わないでほしいんです」

「……なぜ？」

「だって。もっと親しくなってから知るほうが、聖獣様も嬉《うれ》しいでしょう？」

お楽しみの演出だとエニスは嬉しそうに笑うが、ヨアンからすれば怪しさが増しただけだった。つまり、うかつに伴侶だと言って、聖獣に不信感を抱かせないためだろう。

だが記憶がなくてもヨアンが持つ契約の欠片に気づいた聖獣だ。きっと本当に伴侶がいるならわかるはず。神に属する相手に隠す意味がないことを、エニスたちは理解しているのだろうか。

もし彼が『聖獣の伴侶』という立場を自慢したいだけなら、なおさらベノアルドを奪われるわけにはいかなかった。

（……ベノアルド様はエニスを見てどう思うだろう……）

信じていても、神聖堂に近づくほどに憂鬱《ゆううつ》は膨らみ不安が込み上げてしまう。エニスはヨアンから見ても愛らしいと思える少年だ。聖獣が人を見た目で判断するとは思えないが、心が揺れたりはするのだろうか。そういえば『心変わり』はあると、マリウスも言っていた。

（また。……だめだ）

ヨアンは不安を振り払うように小さく首を振る。

疑うことはやめたはずだ。ベノアルドはヨアンだけに許すと言った。ヨアンを愛してくれたのだ。

「――入る前にはノックを三度。特に反応がなければ開いてかまいません」

「へえー」

ついに到着した聖獣の部屋の前で、ヨアンは感情を押し殺してノックを鳴らした。

実際に反応があったことは一度もないので、これは形式的なものだ。エニスも興味がなさそうに返事をしながら、前髪の形を整えている。

扉を開ければ、定位置にベノアルドの姿が見えた。読みかけの本を閉じてゆっくり顔を上げる。その表情に驚きはなく、エニスの存在を察知していたようだ。

「わ、さいっこう……」

隣から、思わず、といった感嘆の声が耳に届いた。

それがとても不愉快な響きで、ヨアンは眉をひそめてしまう。視線を向ければ、エニスは一心にベノアルドを見つめていた。顎《あご》を引いて口元に小さな笑みを作り、小首をかしげるように聖獣へ軽く会釈をする。彼は自身をよりよく見せる仕草を熟知しているようだ。

そうして横目でヨアンを見上げ、早く、と小声で急《せ》かしてくる。

「……彼はエニスです。新しく聖獣様のお世話役になりました」

「エニス・イングルと申します」

待ちかねたようにエニスは丁寧に敬礼し、ぺこりと頭を下げた。ちらりと上目に聖獣の反応を窺《うかが》うが、無反応であることに少し不満を持ったらしい。

「えっと、ベノ、……っ」

その瞬間、エニスはベノアルドの鋭い視線を受けて固まった。

震える唇を噛みしめて小さくのどを鳴らす。そしてぎゅっと指を握り込み、ごまかすように微笑んでみせた。

「……あ、……と、尊いお名前を、他人の耳に入れる必要はないですよね」

ヨアンを一瞥《いちべつ》しながら取り繕うように言うが、こわばった口元までは隠しきれていない。

ベノアルドが重圧をかけたのか、名を呼ぶことを許さなかったのか。エニスにはそれらに抵抗して呼ぶだけの耐性がなかったようだ。

「あの、今日から僕が聖獣様のお世話をします。呼んでいただけたらいつでも来ますので、なんでも言ってくださいね」

だがエニスはすぐに気を取り直して、にこやかに挨拶を続けた。「聖獣様の特性である風魔法が得意なんです」、「優しい兄が二人いるから、同じ歳《とし》くらいに見える男の人には甘えてしまいそう」などと、アピールも忘れない。

（強心臓だな……）

不覚にも感心してしまった。だがエニスは、聖獣は読書を好む、と教えたことを完全に忘れているようだ。自分の話と男の容姿ばかり讃《たた》えている。見れば、ベノアルドもすべて聞き流しているようでほっとした。

けれどそのまま様子を窺っていると、彼がふと息をつめて呼吸を乱しはじめたことに気がついた。

「あ」

このタイミングで。まさかエニスが近くにいる影響か。

ヨアンは慌てて男に近寄ろうとしたが、それより早くエニスに袖《そで》を引かれて足を止めた。

「邪魔」

余計なことをするなと牽制《けんせい》する視線に、ぐっと息をつめる。

今は『神殿が認めた伴侶』に逆らうわけにはいかない。エニスがベノアルドに駆け寄っていくのを、見送るしかなかった。

「聖獣様？　お加減が悪いんですか？　大丈夫、僕がいますから……」

ベノアルドに寄り添うエニス。その二人の姿にずきりと胸が痛む。見たくなかった光景だ。

肩に触れたエニスの手をベノアルドが握りしめる。エニスの口元が上機嫌に弧を描き、男にしなだれかかるようにもう片方の腕を伸ばした。

(見ていられない)

そう思ったとき、大きく肩を震わせたベノアルドが、エニスの腕を乱暴に引きはがした。

「あっ」

強く振り払われて尻《しり》もちをついたエニスは、ベノアルドを見上げてさっと顔を青褪《あおざ》めさせる。

「出ていけ。……二人ともだ」

高圧的な命令に、離れていたヨアンの身も竦《すく》む。

これまでの彼は強い口調であっても、どこか甘やかさがあった。こんな拒絶ははじめてで、圧されるように数歩下がってしまう。エニスも同様だったようで、払われた手を押さえてそろそろと後ずさってきた。かけるべき挨拶も声にならず、二人揃《そろ》って黙って退室するしかない。

扉が閉まると同時に、ヨアンは詰めていた息を吐き出した。自分に向けた拒絶ではないと思っても、いまだに心臓はいやな音を立てている。

一瞬、彼がエニスを受け入れたようにも見えたのだ。

それを振り払ったのは、契約の核が近くにあったおかげだろうか。土台を奪われて不安定だと言っていた。やはり聖獣の名を呼ぶエニスは危険だ。

「——まだ足りないのかな……」

警戒心を強める中、耳に届いた小さな呟《つぶや》きにひやりとする。

何を。それがベノアルドに対するよくないことのように聞こえて、ぱっとエニスを振り返った。

エニスは左手を撫《な》でながら不満そうな顔をしていたが、ヨアンと目が合うと「なんですか」と唇を尖《とが》らせる。無意識の呟きだったようで、背後の扉を振り返りながらわざとらしくため息をついてみせた。

「あーあ。ヨアン様がいたから僕に甘えられなかったんですよ。あとで様子を見にきてあげなきゃ」

それはさすがに都合のいい解釈すぎないか。

エニスは自分が嫌われることなど考えもしないらしい。六角紋で、優しい兄がいて、この容貌《ようぼう》。溺《でき》愛《あい》されて育ったことがよくわかる。

「それは」

「いいでしょ。だってヨアン様も足しげく通ってらっしゃったんですもんね？」

その通りなので、だめだとも言えなかった。悪あがきのように、意味のない注意をするしかない。

「……ノックを鳴らすのを、お忘れなく」

「ふふっ。そのうち咎《とが》められなくなりますよ。僕はね」

◇◇◇

エニスと別れたあとは、ざわつく気持ちを抑えきれないまま、朝の騎士訓練と清掃活動を終えた。

ヨアンは巡回警備や護衛の仕事を与えられていないため、比較的自由になる時間が多い。それが考えすぎる原因にもなるのだが、今日は特に集中できなかった。

（エニスはあのあとベノアルド様のところに行ったのかな……）

行くなと言えないのがつらかった。その資格がないのが苦しい。彼に愛されているのは自分なのに。

昨日はあんなにも近づいて、深く交わったというのに……。

「……っ」

思い出してヨアンはぶんぶんと頭を振った。

神殿長とエニスのせいで余韻は吹き飛んでいたが、完全に消えるには強烈すぎる記憶だ。痛む体はベノアルドが癒してくれたが、意識してしまえばはじめて知ったあらゆる感覚が蘇《よみがえ》りそうになる。熱い吐息や、中をかき混ぜる硬い感触まで。

(っ、だめだ、図書館に行って落ち着こう……)

昼食をとったヨアンは、ふらふらと騎士館を出て図書館を目指すことにした。本を探すときだけは夢中になれる。鳥を扱う本は禁じられたから、選択肢が増えてしまった。昨日の本はどうだっただろう。確かめに行きたいのに、今は躊躇《ためら》ってしまう。エニスがいたらどうしよう――と。

「はあ……」

どうにも悪い想像が消えない。ため息をついて顔を上げたちょうどそのとき、反対側から歩いてくるエニスを見つけた。小さく息を呑《の》み、止まりかけた足を叱咤《しった》してぎくしゃくと動かす。

彼は騎士館に戻るところらしく、ヨアンを認めると迷惑そうに顔をしかめた。こちらも話すことはないので黙って通り過ぎようとするが、無視されるのは気に食わないらしい。

「聖獣様は僕とお話しして落ち着いたみたいです。少しお休みされると言ってましたから、心配しないでくださいね」

「……っ」

振り返ると、エニスはそれが見たかったといわんばかりに勝ち誇った顔でつんと顎を上げた。ふいっと背を向けて去っていく姿を見送りながら、ヨアンは胸のざわめきを思い出す。

ベノアルドを疑うわけではない。けれどエニスと二人きりで、いったい何を話したのだろう。

考え出すと止まらずに、気がつけばベノアルドの部屋の前まで来てしまった。休んでいるなら起こしてしまうだろうか。迷ったけれど我慢がきかない。

(こんなの、醜い嫉妬《しっと》だ……)

自覚していながら、結局耐えきれずにノックを鳴らしてしまう。

恐る恐る部屋に入ると、ベノアルドはいつも通りソファに腰かけていた。本は読んでいなかったが、窓の外を眺めていたようだ。

「——どうした」

低く静かに問いかけられて、ヨアンはぴしりと直立してしまった。朝の拒絶を思い出して、咎められるだろうかと身構える。

「あ、その、お加減は。……あ、エニスが、さっき……」

「ああ……、来ていたようだが、入れていない」

「入れていない？」

「扉を開けることができずに立ち去って行った」

ヨアンは思わず背後の扉を振り返る。形式でしかないと思った三度のノック。その後の入室拒否はあり得るらしい。聞けば、聖力で扉が動かないように固定したのだという。

「紋なしの俺でも入れてもらえたので……てっきり」

「それは、誰であろうと区別の必要がなかったからだな」

ヨアンという男は祝福を拒絶しながらも、自身は聖獣に対して従順。歪《いびつ》な存在ではあるが脅威ではない。快不快でいうなら不快といえるが、総じて関心がない。

契約が奪われたことを認識するまで、ベノアルドは何事にもそのような捉《とら》え方だったという。

だが今はヨアン以外を警戒して、他は近寄らせないようにしている。やり取りはすべてヨアンを通すようにと言ったことが、今も彼の中では徹底されていた。

エニスはヨアンに「様子を見に行く」と宣言した手前、会えなかったとも行かなかったとも言いたくなかったのだろう。つまりあれは、ただの虚勢だったのだ。

二人きりになったわけではないと知って、ヨアンはほっと肩の力を抜いた。

「今朝は、なにか……エニスから感じましたか……？」

「不快感を」

「っ、それは」

聞きたかったのは契約の繋《つな》がりを感じたかということだったが、ベノアルドはにべもない。

端的すぎて契約かエニスか、どちらが不快だったのか判断しづらい。けれど拒否感であったことには安堵《あんど》してしまう。

「……彼のことはいい。ヨアン、こちらに来て、名を呼んでくれ」

吐息するベノアルドの表情に疲労の色を見つけて、ヨアンは慌てて駆け寄った。

ためらいがちに手を伸ばせば、男の手に掴《つか》まれて自らの頬へ導かれる。それに勇気を得たヨアンは、ソファに片膝《かたひざ》をついて体ごとすり寄った。

両手で頬を包み、目線を合わせてベノアルドの顔を覗《のぞ》き込む。

「ベノアルド様」

「……ああ」

はっきりと呼びかけると、ベノアルドは表情を和らげて目を閉じると、ヨアンを強く抱きしめた。

その背を抱き返しながら、ヨアンはじっと宙を睨《にら》む。

（……礼拝の日は三日後。もう時間がない）

月に一度の礼拝の日は国内外から多くの人が集まる。ここで伴侶《はんりょ》を公表するつもりなのか、あるいは行事が落ち着いてから最後の仕上げにかかるのか。

エニスの存在はベノアルドに不快感を与えた。不快であるうちはまだいい。そこに違和感がなくなってしまえば、ベノアルドは奪われてしまう。

神殿長とエニス。彼らが求めるものを手にする前に、自分が何とかしなければ。

午後には、王宮神殿のどこにいてもエニスの名を耳にするようになった。

『聖獣の伴侶』。それは彼が聖獣の名前を口にすることで、疑いようもなく広まっていったようだ。

神殿騎士を中心に話題の人物で、比較するようにヨアンも再び好奇の視線にさらされている。

伴侶とお気に入りでは、どちらが格上か論じるまでもない。

「図に乗ったとたんこれだ」

「紋だけじゃなく運も持ってないんだな」

行く先々で聞こえよがしの皮肉をぶつけられる。ヨアンが図に乗ったことは一度もないが、彼らはヨアンの転落が愉快らしい。娯楽のない王宮神殿で、誰かの不幸を味わうことは彼らの憂さ晴らしにもなっている。気にすることはない。自分はただベノアルドの問題だけ考えればいいのだ。

(エニスが契約を取り込んでるのは間違いない。神殿長も関わりがあるはず……)

厨房《ちゅうぼう》の加熱魔法設備を借り、紅茶のために湯を沸かしながらヨアンは考えを巡らせる。

しばらくはエニスと二人で行動をするようにと言われたが、彼は下準備に手を出す気はまったくないようだった。

「先に聖獣様のお部屋に行ってます。仕方ないから外で待ってますので、早く来てくださいね」

妥協したように言うが、部屋に入れなかった場合に言い訳ができない。ヨアンがいれば原因を押し付けられるから、「外で待つ」と強調しているのだろう。

いずれにせよ彼は厨房には入ってこないので、ヨアンはじっくりと考えをまとめることにした。

(二人に関係があるのは確実として)

マリウスの話では、神殿長が聖獣の言動を管理しているようだった。そのため神殿長を疑ったが、契約を取り込んでいるのはエニスだ。神殿長もこれほど重要なことを聖獣に確認しないのだから、二人が協力関係であることは間違いない。

(本当の契約者は俺で、契約が奪われたのはベノアルド様から指輪を受け取ったとき)

契約者として自信がないとは、もう思わない。これを否定することは、結果的にベノアルドを疑うことになってしまう。

(前世の俺は、あのあと四~五年くらいしか生きられなかったようだから……)

今が十八歳だから、前世で出会ったのは二十三年ほど前か。ベノアルドが今の生活をはじめたのと同じ時期だ。時間の流れが一緒なら、そのときに奪われたとすれば計算は合う。まだエニスは生まれていないが、神殿長はその当時からベノアルドの行動を管理し始めた。

であればやっぱり、契約を奪ったのは神殿長としか考えられない。それが今頃になって動き出したのは、エニスの登場がきっかけだろうか。

(神殿長では契約を取り込めなかったのかもしれない)

確か神殿長は四画紋。エニスですら怯《ひる》む聖獣に対抗できるとは思えない。

だが聖獣は、世界を渡ったことで極端に弱っていた。そのうえ契約自体は、ヨアンに核を渡すため形ある状態だったという。それがどのような形かは、今のベノアルドにもわからないらしいのだが。

彼も油断したと認めている。奪いやすい状況が揃《そろ》ってしまったのだ。結果的に核を手放したことで、奪われた契約の記憶が維持できなくなったことも災いした。これにはヨアンも罪悪感を覚えてしまう。

契約は聖獣の意識から離れ、綻《ほころ》び、人の手による干渉を許してしまった。

（エニスが選ばれたのは六角紋だから？　彼はなぜこんな大それたことを引き受けたんだろう）

聖獣を奪おうだなんて、国家反逆罪というにも恐ろしすぎる。

彼らが契約者ではなく『伴侶』と主張するのも、本来の契約者は王族とされているからだろうか。真っ向から王家を敵に回すつもりはないということだ。けれど成功してしまえば、どれほど力ある軍事国家だとしても聖獣に抵抗するすべを持たない。

聖獣は強大な『力』だ。目の前にあれば掴みたいと思うものだろう。そこは理解できなくもない。だがどうにもしっくりこないのが、神殿長とエニスという組み合わせだった。あの二人がそんな目的で協力しあうだろうか。ヨアンはどちらのこともよく知らないが、それにしても納得できない。

（エニスが取り込めたのは、ほんのわずかだというし……）

ベノアルドがそう言うのなら。であれば、残りはきっと神殿長のもとにある。

二人が協力者だとしても、エニスにすべてを託すとは考えづらい。一人に力が集中すれば、その時点で神殿長の価値がなくなってしまう。エニスも神殿長には気を遣っている様子だったから、おそらく彼らは『契約の管理者』と『伴侶』という役割分担をしているのだ。

協力関係ではあるが信頼関係はない――そう仮定してみる。神殿長のためにエニスは動くだろうか。

どちらにしても、もう時間がない。どうにかして取り戻すしかないのだが。

「ヨアン様。沸騰していますよ」

「──あっ」

聞こえた声に、反射的に手元を見下ろす。ぶくぶくと沸騰した湯が吹きこぼれていた。慌てて加熱を止めて振り返れば、そこに立っていたのはメナールだ。

「あり、がとう……」

「いえ」

メナールの返事はそっけない。ヨアンの立場の変化に合わせて、彼もまた針の筵《むしろ》のようだ。何と声をかけていいのかわからず、ヨアンはそれ以上言葉が続かなかった。

見かねて注意してくれたものの、彼もそれ以上会話するつもりがないらしい。会釈して通り過ぎようとするメナールをぼんやり視線で追っていると、小声が耳に届いた。

「夕食のあと、部屋へお伺いしても？」

「……っ、ああ」

驚いたが、つとめて平静を装った。横目で窺《うかが》うも、メナールは聞こえていないかのように立ち去っていく。何か伝えたいことがあるのだろうか。よそよそしかったのは周囲の目を気にしただけと知って、ほっとする自分に気がついた。

ヨアンにはマリウス以外に親しい友人はなく、それを寂しいと思う環境でもなかった。そんな自分にとって、メナールは友人と呼びたい存在になっていたようだ。

「エニス様が神殿長の部屋から出てくるところを見たんです」

一日の勤めを終えて訪ねてきたメナールは、深刻な表情でそう言った。どんな話だろうと身構えていたのに、肩透かしを食った気分だ。

「……聖獣様の伴侶なんだから、神殿長と話すこともあるだろ」

「神殿長室ではなく、私室のほうですよ」

伴侶と口にするのも渋々だが、念押しするメナールの説明は確かに違和感を覚えるものだった。

神殿上層部はそれぞれ聖堂内に執務用の部屋があり、それとは別に私室を持っている。貴族の邸宅ではないので設備などは最低限、簡素なものだ。神殿長の立場で会うならなおさら、環境の整った執務室で迎えるのが当然だろう。

日々忙しく仕事をして寝に帰るばかりの私室に招き入れるとは、ずいぶん親しげだ。

メナールがどういう意図で気にするかは知らないが、ヨアンからすれば二人が協力関係を結んでいることの確証とも取れる。

「それに、私が見たのは三か月以上も前です」

◇◇◇

「え？」

三か月も前なら、エニスは神殿入りしていない。たとえ身内でも、聖堂内部に関係者以外の立ち入りは禁止されている。

「神殿長はとても公正で厳格な方でしょう。それがあのエニス様を招き入れるのだから、気になっていたんですよ」

「彼を知ってたのか。六角紋で有名だから？」

ヨアンはマリウスや兄に関連して、多角紋の人数だけは知っている。けれど積極的に得たい知識でもなかったので、個々の情報までは把握していなかった。

「いいえ、私はイングル領出身ですから」

「ああ、そうだったのか」

「イングル領はナカラ草を用いた染色が盛んで、とても裕福な領地です。領主と一部の元締めだけが、ですけどね」

他人事のように語るメナールは、故郷の領主に敬意を持っていない様子だ。

「エニス様は三番目のご子息で、あの愛らしさに加えて六角紋だったこともあり、それは溺愛《できあい》されてお育ちになったようです。なんでも思い通りになって我儘《わがまま》放題。彼の目に留まった見目のいい男たちは、逆らうことも許されず様々なご奉仕を強要されるそうです」

「ご奉仕」

メナールの様子からそれが性的なものだと気づいて、ヨアンは怪訝《けげん》な思いで首をかしげてしまう。

「……彼はまだ、十六だよな？」

「幼い頃から男たちを侍らせ奴隷扱いしていましたが、おそらく精通されてからはそちらの方面も目覚めたようで」

育つ環境が違うと、こうも理解できない価値観に転がるのか。ヨアンは唖然《あぜん》としてしまった。

「でも、神殿長は確か六十代で、見目も、こういってはなんだけど、それほど……」

「そちらではなく、聖獣様のことを知ってお近づきになりたいと思ったのではないですか？」

「それは」

あり得る。ヨアンは体を強張らせた。

ベノアルドと会ったときのエニスの反応を思い出したのだ。「最高」とため息を漏らして、うっとりと見惚《みと》れていた。あれは、そういう意味だったのか。

マリウスが当主の名代で神事に参加したように、功績を認められた貴族であれば機会が与えられる。イングル伯爵家も招待されただろうか。エニスへのご機嫌伺いで話をした大人がいたかもしれない。

そうして聖獣を抱え込もうと画策する神殿長と、ベノアルドと交わりたいだけの六角紋の少年が出会った……。

(これが二人の目的か)

共通の目的ではなく、各々が目的を果たすための役割分担だ。

「私が聖獣様のお世話をしていた半年ほどの間、そのお声を聞いたことは一度もありません。唯一、ヨアン様のことをお尋ねになられたときだけです」

青褪《あおざ》めてぎゅっと唇を噛《か》みしめたヨアンに、メナールが穏やかな声で話を続けた。

「エニス様が本物の伴侶《はんりょ》であれば、聖獣様はその気配を感じ取られて、同じく気にされたのではないでしょうか。でも、三か月前の当時もそんなご様子はありませんでした」

「……メナール」

彼はどこまで気づいているのか。まさかヨアンがすでにベノアルドと情を交わしたとまでは思わないはず。けれどヨアンの思いは察しているようだ。その上で、聖獣もヨアンを気にかけているはずだと、励ましてくれているのだ。

「ヨアン様。何かお考えがあれば教えてください。私も協力いたします」

メナールの言葉に、ヨアンは戸惑うように首を振った。

「……何を。もう何度も巻き込んでるし、今もそうだろ？　見つかったらただではすまない」

「今さらですよ。仰《おっしゃ》る通り私は平民で、ヨアン様と親しくしてる。それだけで、もうこの神殿では生きづらいんです。ちょうど逃げようと思ってたところでした」

「メナール……」

「きっかけをください。ヨアン様」

彼がヨアンの罪悪感に触れないように言ってくれているのがわかる。

王宮神殿騎士は聖獣と関わるため、職務放棄は裏切りとみなされ厳罰に処される。最悪の場合は死罪だ。故郷へ戻れるはずもなく、下手をすれば一家ごと国外へ逃げる必要もある。別の聖獣が支配する国で洗礼を受け直すことはできるが、そうなれば二度とアレイジム王国に戻ることはない。

どちらに転んでも、それはメナールとの別れを意味していた。

「どうして……」

「言ったでしょう。私はもう嫌気がさしてしまったんです」

きっぱりと言い捨てるメナールに、ヨアンはそれ以上問うことはできなかった。彼をここまで追い詰めてしまった一端は、確かにヨアンが持っているのだ。

「……考えというほどの作戦はなくて……うまくいくかもわからないんだ。……でも、結果がどうなろうと、……メナールは行動を起こしたあと、すぐに逃げてくれ」

「はい、そのつもりです」

悪びれず頷《うなず》いてみせるのに、メナールは親しみを込めた眼差しで笑みを浮かべる。

こんな形での別れを経験したことがないヨアンは、引き留める方法さえも知らなかった。

◇◇◇

その三日後、この日は早朝から聖堂で礼拝が行われた。

ひと月に一度、神へ祈り聖獣に感謝を捧《ささ》げる日だ。王都周辺のみならず、関係諸国の人々も多く訪れる。王宮神殿で洗礼を受けることができる唯一の日でもあり、一日を通して神官も神殿騎士も息つく暇もないほど忙しい。

だがヨアンはこの役目を外されていた。表で対応する者たちは聖獣の代わりに感謝の言葉を受け取るため、『相応の』資格が必要とされるのだ。

名誉に思う者も多いようだが、大勢の相手をしなければいけない行事など出たくもない。作戦のことがなくても、水場や庭の清掃をしているほうがずっとましだった。

作業に一度区切りをつけると、ベノアルドのために食事を用意する。とはいえ調理は専任の料理人たちがいるので、ヨアンは運ぶだけだ。

エニスは朝から神殿長に同行している。周囲はヨアンとの扱いの格差と見るようだが、僻《ひが》む要素が見当たらない。目の前でベノアルドにしなだれかかる様を見せつけられるより、どこかで得意げに聖獣の伴侶だと主張していればいい。今さらだし、こちらの気持ちとしても平穏だ。

ようやく一人になれたとヨアンは意気込んでいるが、つとめて悄然《しょうぜん》として見えるように振る舞った。目を伏せて足早に通り過ぎれば、「恥ずかしくて仕方ないんだろ」と聞こえよがしに嗤《わら》われる。軽視される分だけ動きやすくなると考えれば、十分すぎる反応だ。

ヨアンが一人でやって来たのを知ると、ベノアルドは柔らかく微笑んでくれた。

この三日、聖獣の部屋を訪れるときはエニスも一緒だった。そのため二人きりになる機会がなく、ベノアルドも不満に感じていたらしい。

「おまえは食事をしたのか？」

「いえ、私はもう少しあとで……」

「ではここで食べていきなさい」

一緒に食べようと誘われて、ヨアンはどう断ればいいのかと狼狽《うろた》える。食事は一人分しかない。だが当人は腹が膨れる必要がないため、ヨアンに食べさせたいというのだ。

結局断り切れず、膝《ひざ》の間に抱えられてしまっている。

「緊張しているな」

「この体勢で、緊張するなというのは酷です……」

聖獣のために用意された食事は、素材すべてが一級品。侯爵家でも出ないメニューばかりだが、じっくり味わう余裕もない。

「ヨアン」

肩身狭く必死に飲み込んでいると、背後から伸びた手が顎《あご》に触れて固定される。

「何もするなと言ったな？」

「――っ」

耳元に落とされた低音に、ぎくりと肩が跳ねる。それが今の体勢を指して言ったのでないことは、すぐにわかった。

「私に隠し事とは、いけない子だな」

そのまま耳を齧《かじ》られて、刺激される官能にぎゅっと目を閉じる。ベノアルド相手に、何のことだかと誤魔化せるはずもない。

「……ベノアルド様を、奪われるのが怖いんです。契約の大半があちらにあるなら、私が動くほうが、安心なので……」

「私は安心できない」

「……」

そう言われてしまうと反論しづらい。

ベノアルドを煩わせたくはないが、悲しませたいわけでもなかった。けれどヨアンと体を重ねたからといって彼の不調が改善されることはなく、その頻度は今も少しずつ増えている。自分では何の力にもなれないのかと、焦燥は募るばかりだ。

「何をするつもりだ？」

耳に吹き込まれながら問われ、ヨアンはぶんぶんと首を振る。ベノアルドを、神殿長にもエニスにも会わせたくはない。

「どこを攻めれば、おまえは素直になるのだったかな……」

「ぁ、っ」

うなじを強く吸われ、腹に回された手が下腹部をぐっと押す。まるでこの内側から与えられた快楽を思い出せと言われているようで、耐えられず腰がひくついてしまった。焦ってその腕を掴《つか》むが、ヨアンの力では引きはがすことができない。

ズボンの上からくすぐるように股間《こかん》を刺激されて、たまらず声を上げていた。

「し、神殿長の、私室に……っ」

「ああ、聖堂だな。忍び込むつもりだったのか？」

刺激が遠ざかって、ほっと息を吐く。

契約の糸を手繰っていたベノアルドも、位置は掴めているようだった。

「……人が多い、今日なら……。神殿長や神官は礼拝以降も忙しくしています。神殿騎士は、常に内外を巡回警備していますが……、訪問者たちが集まる外で、騒動を起こして、彼らの注意を引き付けられればと……」

「ほう」

ベノアルドの声が跳ねた。愉快そうだ。

「粗があってもいいのだとメナールが。……あ、私の前にお世話役をしていた者で、謹慎中もいろいろと情報を集めてくれました。彼が、一つ一つの小さな違和感は見過ごされがちになるものだからと」

「あながち間違いではないがな」

ここは祝福の根源である聖獣を守護する聖域。行使できる魔法レベルは制限がかけられ、悪意を持つ者もそれ相応の準備をしなければ近寄ることができない。

「部屋の鍵《かぎ》をどうするかは懸念点です。個人の部屋で高度な魔法は使えませんから、物理的に破壊すればなんとかなると思うので……。どうせ私たちは紋なしと二画紋。動かなければはじまらないので、やってみようということになりました」

「……やはり安心できない」

ふうと吐息して、ベノアルドはヨアンの頭に頬を擦り付けた。

「私も協力しよう」

「だっ、だめです。万が一にも契約をたてにベノアルド様が奪われたら……！」

慌てて振り返るが、ベノアルドは目を細めてヨアンの頬に指を触れさせた。

「そうだな。私が常と違う動きをすれば警戒されるだろう。どうすればおまえに危険が及ばないかと考えていたが」

ベノアルドもまた、ヨアンを案じて迷っていたようだ。

けれどそのヨアンが無謀な計画を立てている。猶予がないことは彼自身も感じているから、ともにその無謀に賭《か》けることにしたようだ。

「万が一のことが起こったら、そのときは私の名を呼んでくれ」

「エニスも呼べるんです！　もしも……っ、ベノアルド様が彼と……」

「ああ……おまえの想像の中でも耐えがたい」

「あ……っ」

襟を開かれ首筋に歯が当てられた。そのまま慰撫《いぶ》するように舌が舐《な》める刺激は、快楽を知った下腹部をぞくりと疼《うず》かせる。

「――魔法に対する加護を与える。この国の者たちが魔法を行使するための触媒は私の祝福だからな。おまえを傷つけることはない」

そう言ってあっさり顔を上げたベノアルドを、ヨアンは思わず恨みがましく見つめてしまった。

男は苦笑し、宥《なだ》めるようにヨアンの瞼《まぶた》にキスをする。

「そのような顔をするな。今、無理をさせるわけにはいかない」

今日が絶好の機会なのだろう？　そう言いながらヨアンを覗《のぞ》き込むベノアルドに小さく頷いた。

礼拝の日以降は、おそらく本格的にエニスが聖獣の伴侶として振る舞うことになる。契約もさらに取り込まれていくのかもしれない。

もちろん彼の言う通りだし、ヨアンだって焦っている。だが、この疼く熱をどうしてくれるんだ。

ベノアルドが背を撫《な》でる感触すら追い打ちになる。むすりとして腕を押し返すと、男は楽しげに笑いながら押されるままに手を放した。どうもヨアンの不機嫌が嬉《うれ》しいらしい。

（こっちは本気で心配してるのに）

ますます不貞腐《ふてくさ》れた気分になってしまうが、ベノアルドはそんなヨアンにさらに笑みを深めた。

「早ければ早いほうがいいな。今ならまだ人の気配が多い。懸念点は鍵と言ったか」

中空を掴むようにひらりと腕を振り、差し出したのはブレスレットの形をした青い石。聖獣が作り出す魔法石だという。通常は魔素濃度の高い鉱石に魔法を付与するものだが、聖獣が作るのだからその純度は言うまでもない。

「ドアノブにかければいい。おまえの手から離れれば、周囲を風の斬撃で切り刻む」

「……」

岩をも砕くと言われて、思わず腕を伸ばして遠ざけてしまった。確かに扉の突破手段は迷うところではある。どこかで武器を調達しなければと考えていたが、ヨアンが思う以上にベノアルドの発想は豪快だった。

「神殿長は私が引き受けよう」

「！」

恐る恐るブレスレットを手首につけたヨアンは、その言葉にはっと顔を上げた。

神殿長はおそらく契約を奪った張本人。絶対にだめだと言いかけるヨアンを制し、ベノアルドはさらに続けた。

「あれ自身は無力な人間だ。取り込むこともできない契約を持ち歩けるはずもない。干渉を許してしまったとはいえ、再び近づけば私に戻るだろうしな。おまえの障害にならぬよう、本人はこちらへ向かわせよう」

「……どうやって？」

聖獣が動けば警戒される。そう聞いたばかりだ。

「騒動を起こすのだろう？」

「え」

「ここでも騒動を起こそう。聖堂はおまえたちに任せる」

「騒動って……」

ベノアルドがとてもいい笑顔を見せるので、ヨアンは逆に不安になってしまった。ブレスレットといい、どうもだいぶ人と感覚がずれているとは思うのだが。

（でも、黙っていくこともできないし……）

本音では何も言わずに行きたかった。けれど難しいだろうなとも思っていた。ベノアルドは心の中までは読めないが、ヨアンの機微に敏感だ。誤魔化されてくれないかとの願いも空《むな》しく、結局は手を借りることになってしまった。

だが彼自身も当事者であり、ヨアン以上に怒りを抱いているのだ。これは当然の主張ともいえた。

歯がゆい思いで項垂れるヨアンの首筋を、ベノアルドの指先がくすぐっている。反応してしまいそうな触れ方に、ヨアンは慌てて首を振った。

今はだめだと言うくせに、こうして触れてくるのだから意地が悪い。じとりと男を見上げるが、からかっていると思ったベノアルドは、憂慮するような眼差しでヨアンを見つめていた。

「加護も届きにくいようだな……。表層だけだが、大抵のものは防げるはずだ」

せっかく与えてくれた加護も、彼の満足のいく効果は出ていないらしい。

祝福が届かないのと同じ理由だろうか。ヨアンは拒絶したくないのに、ベノアルドはそう感じ取ってしまうようだ。

「……では、このブレスレット、もう一つください」

「ふ」

だから欲しがった。決して便利そうだからではない。

ヨアンのおねだりはベノアルドのお気に召したらしく、腕を取られて直接ブレスレットがはめられた。そうしてそのまま握った手を持ち上げると、指先にキスが落とされる。

「離れるのは今回限りだ。次からはともに行こう」

「……はい」

未来を約束する言葉が嬉しい。

ヨアンはその指でベノアルドの唇に触れ、求めるようにそっと頬を引き寄せた。

◇◇◇

聖堂のざわめきは、神聖堂までは届かない。

そもそも神聖堂は頻繁に出入りするような場所ではないため、今日は特に人の姿を見なかった。神殿騎士の大多数は礼拝の手伝いに出ているし、迷い込む者がいないかと外の巡回も強化されているのだ。

ヨアンは厨房《ちゅうぼう》で食器類を片付けたあと、今度は酒を持って再びベノアルドの部屋を訪れた。その後は目立たないように神聖堂を離れて騎士館へと向かう。そこには洗濯仕事をしているメナールがいるはずだった。量が多いため、毎日午前中はこれにかかりきりだと聞いている。

見つけたメナールは、大量の洗濯物に埋もれて一人くるくると動き回っていた。平民出身の騎士は彼だけではないが、ヨアンと親しいがためにまるで見せしめのように面倒ごとが集中してしまう。学園と違って期限もないのだから、逃げ出したい気持ちは理解できた。

彼を巻き込んでよかったんだろうか。今もまだ迷っている。

ヨアンのせいで身の置き所をなくし、ヨアンのせいで国を追われるはめになる。彼は貴族や神殿騎士たちに嫌気がさしただけと言うけれど、責任を感じないわけにはいかなかった。

「ヨアン様？」

立ち尽くすヨアンの視線に気づいてメナールが振り返る。何か問題が起こったのかと、深刻そうに眉《まゆ》を寄せる表情に息を呑《の》んだ。彼はヨアンと同じくらい当事者意識を持ってくれている。無関係な彼がそこまで覚悟を決めているのに、ここで自分が躊躇《ためら》うわけにはいかない。

ヨアンは迷いを捨てて、まっすぐメナールに向かっていった。

「――このあと聖獣様のお部屋に火をつける。その後の作戦は前倒しに」

「！」

近づいて小声で伝えると、彼は目を見張って口元を緩ませた。

「すぐに移動します。勝率が上がりましたね」

メナールはベノアルドの協力を察したようだ。この作戦のため、彼にはすべてを打ち明けた。聖獣が契約を奪われていること、神殿長の部屋に忍び込む目的。ヨアンが契約者であることも。

「最後にやりがいのある仕事を任せていただいたこと、感謝します。ヨアン様」

「ありがとう……メナール」

見届けられなくても、必ずどこかで耳に入る。メナールは話を聞き終えたとき、そう言った。

きっとこれが最後だろう。敬礼して立ち去るメナールを見送り、ヨアンもまた感傷を断ち切るようにその場をあとにした。

急いで騎士館の自室に戻ると、ヨアンは神殿騎士の制服から私服に着替えた。

今日のように訪問者が多い日は、私服のほうが紛れ込みやすい。それでも内部の者に見咎《みとが》められないように、日除けの帽子を深くかぶっていく。

聖堂が見えてくると、正面の広場は出る者と入る者でごった返していた。やけに人が多い。列もうまく整理されていないようだ。

ざわめきの中に「伴侶様《はんりょ》」という声が聞こえて顔をしかめる。神殿では誰もが聖獣の伴侶を知っているのだ。人の口に戸は立てられない。あるいはあえて、注目を集めるために広めたのか。

(彼らが本当に警戒しているのは王家のはず……)

ヨアンは人混みをするする抜けて聖堂の入口まで近づくと、中の様子を窺《うかが》った。早朝の礼拝は終えているが、神殿長は奥で貴族たちの相手をしているようだ。傍らにはエニスの姿もある。

おそらく彼らは、当初からこの礼拝の日を目標にしていたのだろう。『聖獣の伴侶』の噂を広め、契約者以外の関係性を印象づけるために。その後に聖獣を手に入れても、誰も『奪った』とは考えない。

当然王家は聖獣との面会を望むだろう。それまでに聖獣には伴侶を認めさせる必要がある。

ヨアンというお気に入りの登場は、彼らの計画を想定外に遅らせただろうか。それでもこうして伴侶の話題を耳にするからには、――きっと、あと一歩のところまできているのだ。

「……っ」

そう気づいてしまうと、この一瞬が惜しい。

早く。まだだろうか。今頃メナールも最後の準備に取り掛かっているはず。待つしかない時間は、何か問題が起こったのかと不安が抑えられなくなる。

（考えるな）

迷ったら出遅れる。自らを戒めたまさにそのとき、神殿長のもとに慌ただしく近寄っていく神官の姿が見えた。耳打ちを受けた神殿長は、貴族への礼もそこそこに足早に聖堂から立ち去っていく。

（動いた！）

ヨアンは神殿長が遠ざかるのに十分な時間を待って、ピィ！　と強く口笛を吹いた。同時に、背後で人々の悲鳴と物が倒れる音が響く。

「あぶない！　燭台《しよくだい》が！」

「おい、離れろ！」

「火事だ！」

急いで聖堂内に駆け込み振り返ると、広場の一角に人の背丈を超えるほどの火柱が立っていた。派手に見えるが、幸いにも燃え広がる様子はない。メナールが倒す場所も火力もうまく調節したようだ。

さらに少し離れた場所でも同様の騒ぎが起こっている。広場は火を避けぶつかる人の怒声も重なり、にわかに騒々しくなった。列も作れないほど混雑していたのが災いしている。

戸惑うのは聖堂内にいる者たちだ。切羽詰まった悲鳴を聞いて不安そうに顔を見合わせている。ヨアンはその中を「火事だ！」と騒ぎながら走った。直後に響くのは、仕上げの大きな破裂音だ。黒煙が立ち上ると、聖堂内も一気に混乱に陥った。

人々は内へ外へと逃げ惑う。説明を求めて関係者に食ってかかる。神官や神殿騎士たちは、火の処理以上に混乱する人々に手を焼いている様子だ。

それでもなんとか致命的な事故は起こっていない。応援人員が増えたことを確認して、ヨアンはそっとその場を抜け出した。

（神殿長の私室は、確か三階）

足音に注意して階段を駆け上る。廊下の気配を窺うが、人の姿は見当たらない。陽動作戦は成功したようだ。だが安心するのはまだ早い。あの混乱ではすぐに収拾つかないだろうが、火は早々に鎮火される。いつ警備の騎士が戻ってきてもおかしくはない。

（ベノアルド様は……）

あちらも同じように、火の手があがったはずだ。

聖堂以上に魔法が制限される場所のため、火魔法で派手な火事を見せることはできない。彼には制限など関係ないが、だからこそ強い魔力が動いては怪しまれる。ならばここは、本物の火事を起こしてしまえばいいのでは。他でもないベノアルドの発案だった。

彼には火力増しのため度数の高い火酒を託してある。対象物にぶつかれば消える火魔法と違い、可燃物がある限りどこまでも燃え広がる。まさか聖獣が火に焼かれることはないにしても、怪我などしていないといいのだが。

いつ不調を訴えてもおかしくない体で、神殿長と対峙《たいじ》することだって本当は反対だった。

（……今さらだ。あの人を信じよう）

ヨアンは切り替えるように強く頭を振る。手首からブレスレットを外すと、言われた通りにドアノブに引っ掛けた。数歩離れた直後、ブレスレットを中心に局所的な暴風が吹き荒れる。

それは鋭い風の斬撃となり、原形も残らないほど扉を木っ端みじんに破壊してしまった。

「……これは」

ヨアンにも凄《すさ》まじい強風が吹きつける。飛んでいった帽子を見送ることもできず、大穴の開いた部屋を見て頬が引き攣った。聖獣は加減という言葉を知らないのだろうか。

とはいえ今はそれどころではなく、ヨアンは急いで部屋へ入ると中をさっと見回した。作業机とベッド、クローゼットと飾り棚、本棚。

想像以上に物がない。特段目を引くものもなく、ヨアンは焦燥感で血の気が引く思いだった。

（……まさか、ここにはない？　執務室か……持ち歩いてるなんてことは……）

どうする。執務室まで行って探す余裕はあるだろうか。緊張でどくどくと心臓が痛む。迷う前に動かなければ。一歩足を引く。じん、と肩が熱くなった気がして、はっと左肩を押さえた。

鎖骨に溶け込む契約の指輪が、反応している。

そういえばベノアルドは近づけば自身に戻ると言っていた。核も同じように呼び合うかもしれない。

（ある。間違いない）

ヨアンは勇気を得て、もう一度部屋を注意深く見回した。

ぴたりと視線が止まったのは本棚。息を吞んで凝視する。今度は見えた。他と違和感なく並べられた一冊。ほのかに青白く光る背表紙が。

導かれるように手を伸ばし、ゆっくり抜き取った。腕にずしりと重みを伝える、分厚い大判の本だ。赤茶けた硬い表紙。ところどころに黒い染みがある。そのせいで一部が塗りつぶされ、表紙のタイトルは解読できない。

（……違う。知らない文字だ……）

大陸語ではない。世界中の言語を知っているわけではないが、これは見たことのない文字だった。

それなのに、なぜか読める。

――XXXの至宝

まず見つけた単語が、『宝』であることにどきりとした。表紙をめくれば、中の紙もひどくかびている。半分以上は歯抜け状態だ。

――深い森をXXXX魔物が――

――魔素が濃くXXXXしない――

――XXXX寂しがりでXXXX――

――果てのない空をXXXX走り――

これは物語？　それとも誰かの手記だろうか。とても契約に関するものとは思えない。それでもヨアンは『これだ』と確信していた。

（これをベノアルド様に渡せば……）

　ぐっと指先に力を入れた、そのとき。

「すごいですね。それに気づいたんですか」

「――！」

　聞こえた声にぎくりと体を震わせる。ぱっと顔を上げて見れば、扉のあった場所にエニスが立っていた。破壊された扉の破片に首をかしげながらも、気負うことなく室内に足を踏み入れてくる。

「神殿長は慌ててどこかに行っちゃって。聖堂も変な騒ぎが起きてみんなそっちにかかりっきり。好都合だなーと思って見に来たら、まさかの先客だなんて」

　まるで自身にも思惑があるような言い方だ。ヨアンなど取るに足らないと思っているから、隠しもしないのだろう。逆にエニスは人の弱みを見つけたような、意地の悪い笑みを浮かべてみせる。

「もしかして、貴方の差し金でしたか？」

「……」

　返事がなくてもかまわず、エニスはちらりとヨアンが抱える本に視線を送った。

「神殿長はね、その本を絶対僕に触れさせないんです。確実に解読できた部分でないと、取り込むのは危険だって。でもね、そんなの言い訳ですよ。あのオジーサン、自分は四画紋の雑魚のくせに、契約を独り占めするつもりなんだから」

　解読。ヨアンは本を抱く腕に力を込める。

　これはただの本ではない。表紙の黒い染みも、本文のかびも、解読しようと干渉した痕《あと》だろうか。

「あの人、魔法の神髄に触れたいんですって。幻の十角紋を目指してるらしいけど、夢見がちすぎて笑っちゃう。どうせ自分では取り込めないんだから、早く僕に契約させてくればいいのにね。そしたらご褒美に、聖獣様におねだりして祝福を強化してあげてもよかったかな」

エニスの言葉から想像するに、やはり二人に信頼関係はない。そもそも神殿長はエニスを契約者にするつもりがなさそうだし、エニスも『伴侶』という役割を気に入っているだけ。

神殿長は誰かを利用してでも、魔法という神秘の力を与える聖獣を手に入れようとしている。二十年以上かけて準備するほど執念深いのだ。むしろエニスを取っ掛かりに、彼ごと契約を乗っ取ろうと考えた可能性もある。契約者が十角紋になるという話は聞いたこともないが、聖獣の契約とともに六角紋を呑み込めばどうなるだろうか。

エニスも神殿長を利用しているつもりのようだが、指に触れる黒い染みからは、そんな怨念《おんねん》にも似た不気味な底知れなさを感じる。二人は互いに軽蔑《けいべつ》しあいながら、野心が重ならない部分だけで協力者になれたのだ。

「ヨアン様がどうしてその本に気づいたか知りませんけど、もう手遅れですよ。中を見たでしょ？そこに書かれてたあの人の名前、今は僕が持ってますから」

「っ、エニス……！」

思わずカッとなって叫べば、エニスはぷはっと吹き出した。

「あは！　動くのが遅いんですよ！　聖獣様のお気に入りになって欲が出ました？　手が届くとでも？　もうとっくにあの人は僕のものだったのにね！」

憐《あわ》れむように嗤《わら》うエニスを鋭く睨《にら》む。欲を出したのはどっちだ。

聖獣の名前は伝わっているから、解読しやすかったのだろう。ベノアルドの契約が邪な欲望に穢《けが》された気がして、ヨアンは庇《かば》うように本を抱きしめた。

確かに自分は身の程知らずな思いを抱いている。けれどベノアルドがそれを許してくれたから。

（これは、俺のものだ）

エニスは「名前を持っている」と言いながら、優位なこの局面でその名を呼ばない。おそらく負担が大きいに違いない。彼自身が契約を理解していない証だ。

「記号の羅列を名前だと思い込んでるだけだろ。おまえのものにはなってない。これは返してもらう」

「……返す？　逆でしょ。それ、僕のだから返してよ」

すっとエニスの表情が消える。自分のものだと言いながらも真の契約者ではなく、伴侶と主張してもそれは彼の願望でしかない。図星は彼の自尊心を大いに傷つけたようだ。

ヨアンはじり、と足を後ろに滑らせた。エニスは出入り口を塞《ふさ》いでいる。彼は六角紋だ。いくらヨアンが騎士として鍛えていても、武器もないうえに本を守りながらでは分が悪い。

（窓から……）

光の角度を頼りに構えを変える。うまく受け身を取れば、三階から落ちても問題はない。逃走方法として検討したことでもある。

「逃げるつもり？」

エニスは嘲《あざけ》るように鼻で笑いながら腕を上げた。彼の背後の空間が歪《ゆが》み、ヨアンに向かっていっせいに鎖状の金属が襲い掛かってくる。同時に窓に向かい駆けだしたヨアンの背後、バリバリンッと砕ける耳障りな音が響いた。

「は!?」

鎖の破片が光の粒になって消えていく。

紋なしに魔法が弾かれて、エニスは虚を突かれたように動きを止めた。

(ベノアルド様の加護か)

ヨアンはその隙に、躊躇《ためら》わずに窓を割って外に飛び出した。

「待て！」

聖堂の裏手には足掛かりになるような木がない。なるべく力を抜いて転がりながら受け身を取るも、抱えた大きな本がどうしても妨げになる。足首に重い痛みを感じて体勢を崩しかけるが、この程度で立ち止まるわけにはいかない。

すぐに走り出すが、直後に足を突き抜けた鋭い痛みに倒れこんでしまった。

「――うあ！」

見れば、右の太腿《ふともも》に鋭く尖《とが》った窓ガラスの破片が突き刺さっている。

遅れてエニスがふわりと目の前に降り立った。風魔法でガラスを飛ばしたようだ。直接魔法で攻撃するのでなければいい、と咄嗟《とっさ》に考えるのだから、見かけだけの六角紋ではないらしい。

「はあ。しょせん紋なしでしょ。つまらないことしないでよ」

「……聖獣様のものを守ることが、つまらない？」

「ふふ。聖獣様と、ぼ・く・の、ね。往生際わるーい」

ヨアンはじり、と足を動かす。這《は》ってもがくだけの距離はすぐに埋められてしまった。

無様な抵抗に頬を歪めて嘲笑《あざわら》いながら、エニスは本を奪おうと手を伸ばす――その瞬間。ヨアンは足に突き刺さったガラスを一息で抜き取り、その勢いのまま彼の腕を切り裂いた。

「いっ、たぁ……！」

鮮血が噴き出してエニスの体が離れる。ヨアン自身も意識を飛ばしそうな痛みだ。堪えて立ちあがるも、即座に傷ついた足を蹴られて体勢が崩されてしまう。

「ぐう……っ」

「余計なことしないでよ！」

癇癪《かんしゃく》のように叫んで、エニスは勢いよく足を振り下ろす。踏みつけ、傷を広げるようにぐりぐりと抉《えぐ》られては悲鳴も出ない。切れそうな意識を必死でつなぎとめ、本を奪おうと伸びる手を避け、ヨアンはガラスを振り回してなんとか抵抗した。

エニスは魔法で防御できても、力でヨアンに劣る。じれったく舌打ちするが、視線は冷静に策を巡らせているようだった。

(これじゃ、もたない)

何か突破口はないか。悪あがきにすぎないこの状態では、時間をかけるほどこちらが不利になる。

「なんの騒ぎだ!?」

「――エニス様!?」

だがそのとき遠くから聞こえた声に、ヨアンはさっと青褪めた。

(しまった……!)

エニスの声を聞きつけて、神殿騎士たちが様子を見に来たのだ。

勝利の笑みを浮かべ、エニスはヨアンの足に膝《ひざ》を乗せたままうずくまる。しがみつくように全体重をかけて騎士たちに叫んだ。

「早く来て! ヨアン様が僕のものを奪ったんです! 早く、僕の力じゃ押さえきれなくて……!」

「いっ、ああ……っ」

「ヨアン?」

騎士たちの声に嫌悪が混じる。ヨアンの堪え難い悲鳴を聞いても、今の状況でエニスの言葉を疑う者はいない。聖獣の伴侶《はんりよ》と認められた彼は、誰からも一目を置かれる存在だ。

絶望的な状況だった。今度こそ意識が飛びそうになる。でも、まだだ。駆けつける神殿騎士たちを横目に見ながら、ヨアンは一度しかないタイミングを計っている。

(……信じますよ、ベノアルド様)

ヨアンは手首にある、もう一つのブレスレットに手をかけた。

(もう少し。――今!)

外したブレスレットを宙に放り投げる。

直後、ゴウン! と竜巻のような風の斬撃が吹き荒れ、エニスや神殿騎士たちに襲い掛かった。

「――ぎゃ！」

「うああ！」

息が詰まるほどの風圧で目も開けていられない。ヨアンもだいぶ吹き飛ばされたが、さすがにベノアルドの攻撃が自身の加護を脅かすなんてことはないようだ。

エニスからも解放されて、ヨアンは痛みを堪えながらなんとか体を起こした。濃い血の匂いに、木っ端《こ》みじんになった扉《ぱ》を想像してぞっとする。ちらりと見た背後には血まみれの凄惨《せいさん》な光景――が、広がってはいなかった。

呻《うめ》くばかりで起き上がれそうもないが、日頃から鍛えている神殿騎士たちは咄嗟に防御したらしい。満身創痍《まんしんそうい》でも致命傷は避けたようだ。それには少しほっとする。

「……おまえぇ……！」

だが、一番近くにいたエニスは損傷が激しい。

頭で考えることはできても、まだ突発的な事態に対応するほどの経験がないのだろう。それが決定的な差を生んでいる。

彼はぷらんと揺れる右腕を押さえていた。

痛々しい姿から憎悪の声が聞こえるが、構っていられない。

ヨアンはよろめきながら背を向けて走り出す。他の神殿騎士たちがやってくれれば、もう自分には反撃の手がない。ほとんど感覚がないこの足で、ベノアルドのもとまで辿《たど》り着《つ》けるだろうか。

「逃がすわけないだろ！」

「あ……！」

どん！　と感じた衝撃にヨアンは再び膝をついた。

分厚いガラスが、左肩から胸まで貫通している。

腕が痺《しび》れて落としかけた本だけは守ろうと、右手でぎゅっと抱え直した。

「しぶといな……っ」

ゆらりと立ち上がったエニスがじりじりと近寄ってくる。それを言うエニスこそがしぶとい。

ヨアンは肩を大きく上下させて、動けと自分の体に命じていた。

めまいがする。血が一気に失われていく。殺意をもって撃ち込まれたガラスは、狙い通りに心臓を傷つけているようだ。

高位貴族の殺害。相手が紋なしのヨアンだとどんな扱いになるのか。ふと、そんなどうでもいいことが脳裏をよぎる。六角紋は優遇されるが、この契約の本さえ守り抜けば、ベノアルドがなんとかしてくれるだろうか。

そう、ヨアンが失敗さえしなければ。

（……あのときと、同じだ）

確かにこの体もしぶといなと自嘲《じちょう》する。

命を脅かす危険が迫っているのに、痛みを感じない。今回も指輪が、契約の欠片がお守りの効果を発揮してくれている。預かったままでよかったと思うべきか。だってまだ生きてる。

生きているなら、今度こそやり遂げなければ。

（動け）

エニスも重傷のうえに魔法を使ったことで、もう余力はないらしい。ぜえぜえと苦しげに呼吸して、立っているのがやっとのようだ。距離はある。逃げるなら今しかない。

（どうか力を）

ヨアンは祈る思いで、ガラスが食い込んだ鎖骨に指を触れさせた。もう感覚もない。視線を落とせば、流れる血にきらきらと青い光が混じっていることに気がついた。

（契約の欠片が）

こぼれてしまう。

ヨアンは目を見張り、慌てて強く肩を押さえた。けれどその程度で留まるはずもない。見れば胸に抱いた本も光っている。肩からあふれた血が、光とともに表紙の黒い染みを洗い流しているようだった。

本は血に染まるどころか徐々に汚れが薄れて、隠れた文字が鮮明に見えてくる。

――『ディエルの至宝』

現れたその題字を見て、ヨアンは衝撃を受けたように息を呑《の》んだ。

（……これは）

震える指先で文字を撫《な》でる。それが何を意味するのか、ごく自然に理解していた。

そうだ。これはベノアルドの契約ではなく、ベノアルドと『彼』の契約だった。

聖獣が選ぶのではなく、聖獣もまた、選ばれることを望んだ――。

「ヨアン！」

声と同時に目の前に現れたのはベノアルドだった。

ヨアンの危機を察したらしく、その顔は強張り青褪《あおざ》めている。

「ベノアルド様！」

喜色を浮かべて叫んだのはエニスだ。聖獣が誰の名を呼んだかなど気にも留めず、自身こそが伴侶であり、契約者になるのだと信じて疑わない声。

「……っ」

まだその影響は健在らしく、ベノアルドは痛みを堪えるように顔をしかめた。

ヨアンは必死に顔を上げる。ああ、だめだ。誰かがあの人の名前を呼ぶことすら耐えられない。

「ベノア、ルド、さま」

「っ、ヨアン」

「は？　なんで……！」

エニスが喚《わめ》き散らす声を無視して、ベノアルドは体勢を崩したヨアンの体を抱きとめてくれる。熱いと感じるほどの聖力に包まれて、彼が傷を癒そうとしていることに気がついた。

とくとくと流れる血を見下ろして、ヨアンは小さく息を吐く。これは致命傷だろう。たとえ聖獣といえども、死の運命は覆せない。

痛みを感じないのは幸いだった。ヨアンはベノアルドの胸に本を押し付ける。

「これ、で……自由です。預かった、契約の欠片ごと、お返しします」

「何を」

戸惑うベノアルドを見上げる。その晴天の瞳《ひとみ》を、もっと見つめていたかった。

けれど残された時間はもうない。ヨアンの生命線を支えていたのは契約の指輪。それは光となって本を修復すると、そのまま消えてしまった。服を赤く染める血が、零れ落ちる命だと知っている。

「聖獣との契約を……破棄します」

「ヨアン！」

宣言した直後、本が強い光を放って宙に浮かびあがった。

パラパラとめくれながら、本文の歯抜けが徐々に埋まっていく。

ヨアンはその光を見つめながら、遠いいつかに交わした約束を思い出していた。

「空を……駆けて、風とともに、大地を、はしって……」

「……っ」

「その景色を……見たかった」

光に溶け込むように本の輪郭が崩れる。青い光がすべてベノアルドに吸い込まれるのを見届けると、
ヨアンはほっと息を吐き出した。

もう腕も上がらない。ヨアンの名を呼ぶ男の声も遠い。

強く抱きしめてくれる腕の力が心地よくて、広く逞《たくま》しい胸に頬ずりした。

(ああ……。この人こそが、俺の宝ものだった)

守ることができてよかった。契約がなくなれば、彼は自由だ。

エニスにも神殿長にも縛られない。新天地を求めて、新しい契約者を探すことだってできる……。

「——今度こそ、手放しはしない……」

耳に落ちた声を最後に、ヨアンの意識は途絶えていた。

遠い過去の話

彼――ディエルの故郷は、とある小国のさらに辺境の村だった。

「あそこの子、やっぱり魔物化したんだよ」

「この時期にあの川を越えるのは……」

「国も見放したような村ではな……」

「ディエルはどうする」

「誰が連れていけるっていうんだ」

その年、ディエルは洗礼を受ける最後の機会である八歳を迎えた。

遠くの国には赤い獅子《しし》の聖獣がいて、人間が魔物化しないように洗礼を受けさせてくれるという。

けれどディエルの故郷は、首都に出るだけでも命がけの装備が必要な場所にあった。おいそれと出かけられないため、大人たちは数年に一度だけ、年頃の子どもたちをつれて危険な旅に出るのだ。まだこの時代は、聖物を各地に配ることは一般的ではなかったらしい。

ただ近年は長雨が多く、増水した川を越えることが困難になってしまった。

そのため魔素の耐性が弱い子どもから魔物化してしまい、ディエルも時間の問題と言われていた。

村はずれの小屋に閉じ込められて、魔物になるのが先か飢え死ぬのが先か。子どもの姿のままでは良心が咎《とが》めるから、魔物化がはじまったところで殺すつもりだったのだろう。

そんな中ディエルは、一人で洗礼を受けに行こうと決意したのだった。

「おれは！　死ぬのはいやだ！」

勢いで逃げ出したものの、川がだめなら逆から行こうと向かった先は深い森。

そこでディエルは、あっという間に魔物に取り囲まれてしまうことになる。必死で逃げているところに現れたのが、大きな白銀の狼《おおかみ》だったのだ。

「わあ！　待って待って！　おいてかないで！」

助けてもらったというよりも、魔物が逃げた。

そのときはこっちの狼に食べられるのかと覚悟したディエルだったが、白狼は少年を無視して通り過ぎていく。実際に偶然通りかかっただけらしいのだが、助けられたと思ったディエルは、それからずっと白狼につきまとっていた。

素早く駆けても追いかける。見失ってもめげずに大声で叫ぶ。当然魔物に囲まれて、そうなると姿を見せる白狼に、ディエルはすっかり懐いてしまった。白狼も見ていられないと諦《あきら》めたのだろう。子どもの目線と同じ高さに体を小さくすると、ディエルは目を丸くして大いに喜んだ。

それからふたりの旅がはじまった。ディエルは白狼を「シロ」と呼び、過酷なはずの森で日々を逞しく生き抜いた。

「うえ、ぺっ、まずっ、まずっ」

「赤い実は甘い！　緑の実はにがい！　黄色の実はおなかが痛くなった」

「ふわふわ、シロより白い。ふふっ、シロより白い、だって！」

「鳥！　おれも空が飛びたい。飛べたら高い山も深い川も越えて、洗礼しにいけるのに」

「晴れた空はシロの目と同じ色！」

「あれも魔物？　違う？　じゃあ動物。さわれるかな。どんな鳴き声だろ。あ、シロはどんな鳴き声？」

「シロ！」「シロ！」

ディエルは目に入るもの何にでも興味を示して白狼に伝えた。返事が返らなくてもかまわなかった。白狼は魔物から守ってくれて、怪我をしたら治してくれて、夜には大きくなって包み込んでくれる。旅の大事な『おとも』だったから、ディエルは何度も「シロ」と呼びかけた。

「……うるさい。おまえは、片時も口を閉じることができないのか」

白狼がうんざりしたように声を出したのは、出会ってから二十日ほど過ぎた頃だろうか。

ディエルはぱかりと目と口を開けて動きを止めた。白狼は「ようやく静かになった」と安堵《あんど》したようだったが。

「しゃ、しゃべった！　しゃべった!!」

のちにベノアルドは、「もっとうるさくなって辟易《へきえき》した」と語った。


それからも二人は一緒にいた。

白狼はディエルの目的を知りながら、自身が聖獣だとは教えなかった。そのときの白狼には契約者がおらず、またディエルを契約者にするつもりもなかったからだ。

けれどそれも長続きしない。

ディエルの魔物化が進んでいたのだ。

「ねえ……、シロは魔物、食べる？」

「食べない」

「えー、なんでえ」

「魔素が濃くて……、まずいからだな」

「そっかあ。食べてもらえたら、ずっといっしょ、なのに……」

「……腹の中でもうるさいのか……」

「んふっ」

ディエルは自力で立てなくなり、時折自我を失うこともあった。魔物化が進めば凶暴になるはずだが、少年はそのときだけは静かになるから白狼も困惑してしまう。

彼は気まぐれだ、と言った。けれど無邪気に懐く子どもを見捨てられなくなっていたようだ。

「契約してやろう。ただし、仮にだ。おまえの名前は受け取らない」

「けいやく……」

「私の名はベノアルド。聖獣ベノアルド。私の名を呼ぶことを許す」

「……聖獣？　ほんもの？」

「おまえが探していた聖獣ではないが」

「えー、じゃあしない」

「なんだと」

「だってにせもの……」

「偽物ではない。この……失礼な人間だな。いいから早く私の名を呼べ」

「うーん……。もう一回おしえて」

「……はあ」

仮契約でも祝福は祝福。ディエルの手には星形の十角紋が現れた。

ベノアルドでさえ驚いたそれは、おそらく魔物化寸前まで魔素を溜《た》めたからではないかという。過去に例がないので想像だ。

ディエルは魔素を無限に魔法エネルギーへ変換できるようになったが、制限がないために小さな体ではかなり持て余した。しばらくはベノアルドが付きっきりで面倒を見なければならず、魔法が暴走するたび彼はため息をついていたが、ディエルはそんな時間も楽しかった。

「ねー、おれの名前は呼んでくれないの？」

「名前を受け取っていないから呼ばない」

「ディエルだよ！」

「そうではない。半分だけの契約だから、その名を受け取らないだけだ」

「えー、呼ばないの、困らない？」

「おまえしかいないのに、何を困るんだ」

「ん？　んふふ、そうだねえ。じゃあエルは？　名前も半分ならいい？」

「……はあ」

ディエルは自分しかいないと言われて嬉《うれ》しかった。彼もベノアルドしかいなかったから。

目的は果たしたけど、帰れと言われないからそばを離れなかった。

契約は、聖獣をこの地に因縁づかせる。たとえ仮でも、この深い森一帯が聖獣ベノアルドの祝福の地になったらしい。魔物には影響がないし、見た目では何も変わらない。ディエルには契約も祝福も過程でしかなく、ベノアルドと一緒にいられることだけが大事な結果だった。

そうして再びあてもなく進んだ二人は、とある集落にたどり着いた。


聖獣を連れた十角紋だ。それは大層もてはやされた。

こんな子どもを一人で旅立たせるとは。がんばったね、つらかったろう、ゆっくり休んでおいき。

何か困ったことはないか。ここをおまえの故郷と思えばいい――。

ディエルは村以外を知らず、世間の常識や物事の価値も知らなかった。けれどそれはこの地に降り立ったばかりの聖獣も同じ。

彼らは人間の欲、偽善、二面性、その醜さや怖さに、まったくもって疎かった。

今年は木が枯れて薪《まき》がなくてね。ああ火をおこせるか。腕が痺《しび》れて金槌《かなづち》が持てないんだ。おお、以前よりもずっと調子がいい。聖獣様を奪おうとする不届き者がやってきた。俺たちでは止められない。おまえのその力はまさに騎士様と呼ぶにふさわしい。

ディエル、ディエル様。ああ、おまえの手にある十角紋の太陽が、我らに希望の光を照らしてくださるのだ――。

気づけばディエルを頼る人は増え、集落は徐々に大きくなっていた。

同時に、ある問題が浮上した。二人は正式の契約を交わしていなかったため、聖獣の祝福が及ぶ範囲には限界があったのだ。そうなると今度は一転、人々はディエルの力不足を責め立てた。

「言わせておいていいのか。……私はおまえと契約をしてもかまわない」

「いいんだよ。大きくなりすぎてもよくない。兵士たちのほとんどは一画か二画だし、俺一人で守れる範囲もこのくらいだから。ちゃんと説明すればわかってくれるよ」

「……聞かなければ、この地を離れればいい」

「うーん、それはどうだろう。だってみんな、俺がいないと困るって言ってくれるんだ」

「……エル」

前向きで寂しがりな人間と、高慢だけど慈悲深い聖獣。

いつしか二人は寄り添って生きるようになった。

集落の人たちはディエルの十角紋を恐れて丁寧に接したが、親身ではなかった。一番困った読み書きをディエルに教えたのもベノアルドだ。大陸語も、神の文字も。

ディエルは何よりベノアルドとの思い出を大切にした。出会いからすべての出来事を日記に書きはじめたのはこの頃からだ。二人を取り巻く状況は随分変わってしまったけれど、日記の中ではいつも二人だけ。書いた文章はベノアルドに見せて添削してもらう。そのときの彼の心境を聞いて、また書き足した。

そんな二人だったのに、人々はディエルが無理に契約を強いたせいで、聖獣の力を半減させていると考えるようになっていた。

契約が不完全なら別の者を。きっと聖獣様もそれをお望みだ。そうだ、融通の利かないディエルより従順な契約者を。十角紋を振りかざすしかないディエルではなく、ふさわしい統治者を——。

「俺は人間だから、みんなを照らす太陽にはなれないよ。……誰か一人に、ずっと大切にしてもらえる宝ものがいいな」

「……エル。私と契約をしよう」

「ベノア……いいんだ。俺は太陽になりたいわけじゃない。同じ空なら、鳥がいいかな」

「鳥？」

「空には果てがないから。あ、大地もそうだ。自然には国境がないんだよ。ベノアが大地を走るなら、俺は空を駆けようか。二人で競争するのも楽しそうだね。どっちが速いかな？」

「それではともに歩めない」

「ふふっ。目指すところは同じだよ」

その後もディエルに対する反感は消えなかった。

多くの者は二人に感謝を捧《ささ》げたが、一部の欲に目が眩《くら》んだ者たちは止まらない。

不完全な契約には付け入る隙がある。隣国の使者が見返りをちらつかせて唆したようでもあった。

彼らは言葉巧みに二人を引き離し、ついにディエルの心臓に刃《やいば》を突き刺すことに成功したのだった。

「——人間はなんと愚かなんだ。彼を殺せば私の寵愛《ちょうあい》が失せるとでも？　彼を害するおまえたちから、代わりの者を見つけるとでも？」

ベノアルドは怒り、人々から祝福を取り上げてしまった。それを止めたのはディエルだ。罪のない人まで巻き込みたくなかった。集落を大きく発展させることができなかったのは、ディエルのせいだ。ディエルの我《わ》が儘《まま》で、彼らの願いを叶《かな》えてあげられなかっただけだから。

「エル。私と契約すると言え」

「……だめだよ。ベノアを縛りつけ、たくないから」

「人間ごときに縛られはしない。ただ覚えているだけだ」

「……俺のこと、覚えててくれるの」

「ああ。契約を交わした者のことは忘れない。私が出会った中で、おまえが一番うるさい人間だった」

「ふふ。……思い出すのは、時々でいいよ」

ベノアルドはこのとき、小さな嘘をついた。

ディエルは気づかず、最後まで慈悲深い白狼の体を抱きしめた。自分のためにこの地に留まらざるを得なかった白狼へ。血で汚してしまったけど、最後にどうしても伝えたい言葉があった。

「ベノア。ベノアルド。俺の大切な宝もの。大好きだよ。ずっとそばにいてくれて、ありがとう」

「……ディエル。おまえこそが私の宝だ。失うことはできない。どうか……受け入れてくれ」

はじめてベノアルドに名を呼ばれた。最後のひと時だけ彼の契約者になる。そう思っていたし、それでよかった。ディエルはベノアルドの不自然な言葉を疑問に思うよりも、はじめて見る人間の姿に見惚《みと》れてしまっていた。

「わあ。かっこいいね。……残念、もっと、見ていたかったな」

「見ればいい。これからもずっと」

無理だよ？　そう言おうとしたディエルは、紋を通じて自分の中に熱い何かが流れ込んでくるのを感じた。今までにも怪我を治してもらったことはあるけれど、それとは違う、重い何かだ。

「……えっ、ベノア！　何してるの！」

「伴侶《はんりょ》の契約を。私の寿命を半分与える」

「だめだよ、俺なんかに、命を無駄に」

「無駄ではない！　受け入れてくれ、頼む……」

「……泣かないでよ……未練になって、しまうから……」

「なってくれ、私を置いていくな」

ディエルは最後の力を振り絞って紋を閉じ、ベノアルドの寿命を拒絶した。けれど男がぽろぽろと涙を零《こぼ》すから、迷いが生じてしまったのだ。

その結果、伴侶の契約自体は成就に至らなかった。ディエルの拒絶が強く、消えゆく命の灯《ともしび》を回復させることができない。

けれどディエルの未練を捕まえて、ベノアルドは契約者の魂を搦《から》め捕ることに成功した。

そうして途絶えることのない、魂の契約が成立することになったのだ。

◇◇◇

——……人間風情が、罪深い——。


はっと顔を上げたのは、ディエルだったのかヨアンだったのか。

姿は見えないけれど感じる、大いなる存在。神の気配。声は遠く近く、突き放すようでもあり、語りかけるようでもあった。

——あの子がまた、おまえに寿命を与えようとした。二度は看過できない。

——でも、愛し子を悲しませたいわけではないからね。少し手助けしてやろう。

——お前が閉じた紋の中に、あの子の寿命が封じられている——。

夢の中なのに息苦しい。存在ごとすりつぶされそうな重圧感。

ああ、今度こそ消えてしまうのだろうか。

もう何も見えない。聞こえない。

それでも遠くに見つけた小さな青い光を頼りに、もがきながらも必死に走った。腕を伸ばして、名前を呼んだ。

光がぱあっと弾けて、力強い腕に抱きしめられる。

そうしてやっと、『彼』は心の底から安心して目を閉じた。

目が覚めると、ヨアンはふわふわとした何かに包まれていた。

美しい白銀。柔らかくて暖かい。あまりに気持ちがよくて手を滑らせると、弾力があってゆるやかに反応が返る。

(……これは?)

不思議に思って体を起こそうとすると、白銀はさらに包み込むように位置を変えた。

動いている。背後を振り返ってぐるりと視線を巡らせたヨアンは、その正体を知って目を丸くした。

「……ベノア?」

そこにいたのは、腰を下ろしていてもなお、ヨアンが見上げるほど大きな白狼だった。

まるで自身が発光しているかのような美しい白銀の毛と、人のときと変わらない晴天の瞳《ひとみ》。もっとよく見ようと体を離すと、白狼は顔を近づけてヨアンの首筋に鼻先を擦りつけた。

人の姿をしたベノアルドの髪はゆるくうねっているが、白狼の毛並みはさらさらと風になびいて滑らかな手触りだ。どっちもきれいだなと思って撫《な》でていると、遠くからヨアンを呼ぶ声が聞こえた。

「ヨアン!」

「……マリウス様?」

声の主を見つけて、ヨアンは首をかしげた。マリウスといえども、王宮神殿の内部までは自由に出入りできない。だからいつも神殿図書館で会っていたのに。

何か問題が起こったのだろうか。彼は蒼白《そうはく》になって顔をこわばらせている。はじめて見る表情だ。

「どうしてここに？　……って、あれ、ここってどこだろ……」

問いかけながら、自分でもどこにいるかわからないことに気がついた。

足下の芝と、頬を撫でる風で屋外だと知る。沈みかけた太陽が空を赤く染めている。すぐそばに倒れた人――エニスを見つけて、ヨアンはようやく今の状況を思い出した。

「あ……っ」

慌てて手元を見下ろして、契約の本はベノアルドに返したのだったと安堵《あんど》する。そうだ、契約の指輪ごと光になって彼に戻ったはず。次々と思い出す光景に、ヨアンははっとして左肩に触れた。命を繫《つな》ぐお守りを失って、なぜ自分は生きているのだろう。

全身血に汚れて酷いありさまだが、胸にはガラスもなければ剣も突き刺さっていない。傷も痛みもない。ただあれが現実だった証明のように、服に穴が開いているだけ。

(どっちが、夢で……)

まだ少し記憶が混乱している。現実と夢で見た最期が同じだったから。

あれが前世の前世――いや、はじまりの記憶だろうか。

茫然《ぼうぜん》と固まるヨアンの肩に、再び白狼の鼻先が触れてくる。腕を伸ばして撫でていると、徐々に気持ちも落ち着いてきた。ここが現実。エニスから受けた傷は、なぜか跡形もなく消え失せている。

「ヨアン。そろそろ話をしてもいいか」

「はい……？」

妙に緊張した声を出すマリウスを不思議に思いながら、ヨアンは返事をして振り返る。さっきは気づかなかったが、そこにいたのは彼一人ではなかった。

「え、……あ！」

アレイジム王国の国王陛下と、その第一子、王太子殿下だ。

慌てて姿勢を正そうとしたヨアンだが、ベノアルドの前足に阻まれて体勢を崩してしまった。聖獣はよくても自分は臣下の身だ。咎《とが》めるように見上げるヨアンに、陛下は「かまわない」と手を上げた。

マリウスもベノアルドの様子を窺《うかが》いながら、慎重に語り掛けてくる。

「ヨアン、体は大丈夫か」

「はい……なぜか、無事です」

「そうだな、ひどい怪我だった。聖獣がずっとおまえを抱え込んで癒してくださるようだったが、手遅れのようにも見えた。……だがつい先ほど、急におまえの体が光りだして一気に回復していったんだ」

「はあ……」

ヨアンには何も覚えはないが、一つ思い当たるとしたら夢で聞いた神とおぼしき存在の声だ。

――『お前が閉じた紋の中に、あの子の寿命が封じられている』

どういうことだろうと左手の甲を見下ろして、ヨアンはぎょっと目を剥《む》いた。紋が消えそうなほど薄くなっていたのだ。目を凝らさないと、輪郭がどこかもわからない。

「えっ？　なん……なんで⁉」

「こちらが聞きたい」

はあ、と大きなため息を吐《つ》いて、マリウスは「どこから整理すべきか」と頭を抱えている。

「……昼前に、メナールという男が騎士団に乗り込んできた。俺の名前を叫んで大暴れしてな」

「メナールが」

聖堂で燭台《しょくだい》を倒して騒ぎを起こしたあとは、たとえ狙い通りに進まなくても彼はその時点で王都を離れるはずだった。理由はどうあれ王宮神殿で危険な事件を起こしたのだ。罪に問われるのは確実。

それにもかかわらず、メナールは自ら騎士団に駆け込んだという。自分はどうなろうと、マリウスならヨアンを助けてくれるに違いないと。

「神殿長が契約を奪ったこと、エニスは偽者でヨアンが真の契約者だと……。前者の可能性は聞いていたが、後者は突拍子もない。だがとにかく、おまえが無茶をしたことはわかった。王宮神殿で問題を起こせば、庇《かば》ってやるにも根回しが必要だ。殿下なら話が通じるだろうと面会を申し入れた矢先に
……」

ヨアンが何をしてもマリウスは信じてくれる。その分だけ彼は心配するし、手間もかけさせてしまうのだ。ヨアンはそこまで気が回らなかった自分を恥じた。

「いったい何が起こったんだ？　俺たちが聞きたい。ヨアン……そちらの聖獣は、もはやアレイジムの聖獣ではない」

「え……」

そう言って、マリウスは硬い表情でヨアンに向けて左手を見せた。

目を凝らしてもその手の甲には何もない。紋なしではなく、本当の意味での無紋だ。

「マリウス様……！」

「すぐに魔素に汚染されるわけではないが、由々しき事態だ」

深刻な表情で告げるマリウスに、ヨアンはようやく本当の意味での状況を理解した。

自分がベノアルドとの契約を破棄したために、アレイジムを中心にもたらされていた聖獣の祝福が途絶えてしまったのだ。

マリウスだけでなく王族も騎士たちも、おそらく貴賤や画数にかかわらず、すべての者から紋が消え失せている。

座り込んだままのヨアンに対して、国王陛下と王太子殿下が不敬を咎めないのも当然だった。ヨアンだけが聖獣に守られ、この国に聖獣をつなぎとめているのだから。

よく見れば、周囲は王国騎士団の騎士たちに囲まれて厳重警戒態勢だった。

ヨアンに吹き飛ばされた神殿騎士たちは拘束されている。すぐそばに倒れたエニスには近寄れなかったようだが、こちらは息をしているのかもあやしい。

おそらく契約の本から取り込んだベノアルドの名前が、ヨアンにとっての指輪と同じ効果を持っていたのだろう。本の修復と同時に名前を取り上げられ、生命線を失ったエニスは聖力の残滓《ざんし》にさえ耐えきれなかったようだ。

「神殿長は……」

「あちらも契約が消えた時点で命を落としたのだろうな。神聖堂の庭で倒れていたらしい」

聖獣の意識から切り離され綻《ほころ》びかけた契約だったとはいえ、読み解いた言葉の数だけ神殿長もまた聖力に触れていたということだ。

こくりと喉《のど》を鳴らし、ヨアンは背後の聖獣を振り仰ぐ。白狼の姿でも変わらない晴天の瞳が、まっすぐヨアンだけを見つめていた。

契約を破棄すると言ったのに、彼は今もヨアンのそばにいてくれる。二人を繋ぐのは契約ではなく、聖獣の寿命でありディエルの未練だ。二人の魂は、途切れることなく今も結びついたままだった。

「ヨアン・オルストン卿《きょう》。どうか我々に、もう一度挽回《ばんかい》の機会をもらえないだろうか」

そう声をかけたのは王太子殿下。シルビオ・ブロワ・アレイジムだ。

マリウスと同年で、主従関係を結びながら友人でもある。幼い頃に公爵邸で何度か顔を合わせたことはあるが、ヨアンには遠い存在だった。

そんなシルビオ殿下の低姿勢な態度に、ヨアンは動揺してしまう。

「……わ、私ではなく……それは……」

「ヨアン。俺たちが縋《すが》れる相手はおまえしかいない」

マリウスに断言されて黙り込む。それは間違いではなかった。ベノアルドは彼らにまったく気を許していない。ヨアンだけを気にかけ、ヨアンの言葉だけを聞いている。

国王陛下さえも同意するように頷《うなず》き、ヨアンたちに向けて無紋の手を胸に当てた。まるで敬礼とも受け取れる仕草だ。

「どうかアレイジムに残り、もう一度聖獣と契約を結んでもらいたい」

「……」

「王国の歴史を途絶えさせぬため、我々に望むことがあれば言ってくれ。どんなことでも叶《かな》えると約束しよう」

聖獣がいなくなれば、千二百年続いたアレイジムの栄華は枯れ果てる。国の権威も失墜し、他国からの侵略は免れないだろう。そうでもなくても、自身含め国民すべてが魔物化の危機に陥っているのだ。王家が必死になるのは当然だった。

(そうか……)

彼らが引き止めたがるもう一つの意味に気づいて、ヨアンは夕闇を濃くする空を見上げた。

契約を破棄すれば、ベノアルドは自由になると思った。けれどヨアンにだって、どこか別の国へ行く選択肢があるということだ。

紋なしを疎まれて家族に捨てられた。王宮神殿から逃げ出して一人で生きようとも考えた。ディエルは人々を見捨てられなかったようだが、ヨアンには愛国心も未練もない。今ならベノアルドもついてきてくれる。その行動を阻むものはない。彼らは、それを恐れているのだ。

(……でも、マリウス様とメナールだけは……)

気掛かりがあるとすれば、その二人だけ。

視線を戻すと、王家の二人に並んでマリウスも無紋を晒《さら》して礼をしている。

背を向けて警備する騎士以外、この場にいる全員がヨアンに深々と頭を下げていた。高位貴族とは名ばかりの紋なしには考えられない光景だ。そうされたところで優越感も感慨もない。「太陽にはなれない」、そう言ったディエルの言葉を思い出すだけだった。

彼らがどうなろうと興味もない。けれど大切な友人たちを無紋にしたまま、自分だけ逃げるわけにはいかなかった。

ヨアンが決意して立ち上がると、ベノアルドが引き止めるように動く。それを「待ってください」と押さえて、一歩下がりながらまっすぐに聖獣と向かい合った。

「――聖獣様。俺と契約をして、この地に祝福をもたらしてくれませんか？」

左手を胸に当て、丁寧に礼をする。

ディエルのときは一度目も二度目も非常時だったから、ヨアンは正式な契約の形を知らない。けれど口上を受け止めた聖獣は、青い瞳を優しく細めてゆっくりと顔を寄せてきた。

誘われるようにヨアンはその鼻先にとんと口づけ、左手でそっと聖獣の額に触れる。そこからきらきらと青い光が溢《あふ》れ、左手を温かく包み込んだ。光はヨアンを中心にぱあっと弾け、風に乗って煌《きら》めきながら、やがて消えていった。

「おお……！」

感嘆のような、畏怖《いふ》のような声が耳に届く。

ヨアンの左手は、男の大きな両手に握り込まれていた。その手の甲にあるのは、かつて太陽と謳《うた》われた十角紋。『彼』が自ら封じた紋が、ついに解き放たれたのだ。

「ヨアン。私の名を呼んでくれ」

「……ベノアルド様」

人の姿をとった聖獣は、嬉《うれ》しそうに微笑んでヨアンの紋に口づけた。そうしてから、眉《まゆ》を寄せて問うようにヨアンの顔を覗《のぞ》き込む。

「おまえが本心からこの地に祝福をと望むなら、私はその願いを叶えよう」

「正確には、俺が気にするのは二人だけですが……」

「ふ」

正直に答えると、ベノアルドは愉快そうに笑ってヨアンの背後に視線を投げた。

つられて振り返れば、マリウスはじめ国王陛下までも膝《ひざ》をつき、最敬礼で首《こうべ》を垂れている。ただし彼らの左手は無紋のまま。

戸惑いながらベノアルドを見上げると、男は頷き心配するなとヨアンの指先を撫《な》でた。

「風を届けよう。祝福が絶えてさほどの時間も過ぎていない。風を掴《つか》めば、再び祝福が得られる」

そう言って聖獣が手を振ると、穏やかな風がくすぐるように頬を撫でた。風は二人を中心にさあっと周囲に広がっていったようだ。

陛下やマリウスたち、背を向けた騎士たちまで何もないところを掴もうとする光景は少しおかしい。

なんとか無事に紋が現れたようで、皆一様に安堵《あんど》の表情を浮かべていた。

「オルストン卿、感謝する」

「いえ。王国のためではありませんでしたから」

「……それでも」

陛下の謝意の言葉にも、ヨアンは後ろめたく答えるしかない。結果だけ見れば元通りなので、感謝されるのも当然ではあるのだが。

ヨアンはマリウスとメナールを心配しただけだ。メナールはともかく、マリウスはアレイジム王国を捨てないだろうと思ったから。そうでなければ、ベノアルドと離れないためにどんな選択でもした。罪なき人たちを見捨てたも同然だ。

複雑な思いで項垂れるヨアンの肩を抱き寄せ、ベノアルドの手が優しく撫でてくれる。

「おまえたちに祝福をもたらす者が誰であるか、決して忘れるな」

ベノアルドのその言葉を、王家の二人とマリウスが深く礼をして厳粛に受け止める。この場にいる誰もが、その意味を正確に理解していた。

アレイジム王国に祝福をもたらすのは聖獣ベノアルドであり、契約者ヨアンであるのだと。

◇◇◇

途絶えた祝福に対しては、王家の名で各所に急ぎ伝令が送られた。

戦時中でなかったことだけが唯一の救いか。国内外で何らかの活動をしていた騎士たちもいるが、深刻な問題は起こっていないと聞いている。日常生活を送る王国民たちにも少なくない混乱はあったようだが、様々な手段を駆使して事態の収束が図られた。

ただ、聖獣ベノアルドの祝福範囲はアレイジム王国に留まらない。一部の周辺国もベノアルドの祝福に頼っているため、そちらへ向けても説得力のある言い訳が必要だった。宰相や外交関連の役人たちは、寝る間も惜しんで働いているらしい。

ヨアンは王家に乞《こ》われて、自身の名前を出すことを了承した。正直に新たな契約者が現れたと説明するほうが、抑止力になると言われたためだ。

過去の不完全な契約が引き起こした悲劇を見たヨアンも、それには納得するしかない。

話を濁すだけでは、介入する隙があるのではと疑われる。神殿長の裏切りは認めながらも、より強固な絆《きずな》で結ばれた契約者が現れたとなれば、それはすでに収束した出来事だ。

王家の評判は落ちるだろうが、聖獣を抱える王国の立場は守られる。

さらにその契約者が十角紋となれば、存在自体が脅威。迂闊《うかつ》に手を出すこともできない。

もちろんこの言い訳を武器にするからには、『新たな契約者は王家に忠誠を誓った騎士である』と明言する必要がある。国民の支持が分かれるのは避けたいし、野心ある騎士と見なされれば、他国も何を言ってくるかわからないからだ。

ヨアンはこれらを含めたうえで、王家の提案を受け入れた。代わりにアレイジム王国は、『この忠誠に報いるため、契約者に手を出せば国として報復を躊躇《ためら》わない』と宣言する。

つまりヨアンを引き止めるため、実態としては王家こそがヨアンの守護者となったのだ。

諸々《もろもろ》の下準備のため、ヨアンのもとには連日のように王家から使者がやってきた。

ベノアルドとゆっくり話す時間さえ取れないが、自分が引き金になった混乱と思えば受け止めざるを得ない。

それらもようやく目途がつきそうだと、シルビオ殿下から面会の申し入れがあったのは、再契約の日から二週間が過ぎた頃だった。


「他国に向けては、明日正式に発表される。多少のパフォーマンスは必要になるだろうが……無理にとは言わない。形だけとはいえ、君に騎士の忠誠を強要すれば、即刻祝福が途絶えてしまいそうだしね」

マリウスを伴って訪れたシルビオは、ヨアンを表舞台に立たせるつもりはないと念を押した。

王家と良好な関係であることを見せる必要はあるが、その機会も極力限定させる。アレイジムでは聖獣が人前に姿を見せないことが当然になっていたし、今後は神事の必要性や内容も見直されるだろう。騎士として求められる礼節を守っていれば、それで十分だという。

ヨアンは今回の件を受けて、王国騎士団に転属となっていた。王家に最も近い第一騎士団所属だ。

それに伴い、第五隊長だったマリウスも第一の副隊長に任命された。ヨアンの代理人のような立場だが、隊の格が上がるため、彼自身も昇格になるらしい。

「祝福を人質のようには使いませんよ。……私たちは、静かに暮らしたいだけです」

「王宮神殿の人員はすべて入れ替える。住みたい土地があるなら手配しよう」

「そこまでしていただかなくても」

所属は変わったが、ヨアンは今まで通り神殿騎士も兼ねて王宮神殿に暮らしている。ただしその生活拠点は騎士館ではなく、ベノアルドが暮らす神聖堂だ。

彼の部屋は火事で焼けてしまったため、修繕されるまでは別の部屋を仮住まいにしている。それでも特に不満も不足もない。

今や神殿騎士たちと隊長は、ヨアンの顔色を窺《うかが》うのに必死ですっかり大人しくなってしまった。神官たちはもともと差別的ではなかったが、聖獣に対するのと同じ態度で接してくる。人員を入れ替えたところで、これらは変わらないだろう。

だからヨアンは、「メナールが希望するなら、彼にだけは便宜を図ってほしい」と伝え、それ以外はマリウスに任せることにした。ヨアンの事情に巻き込んでしまったメナールだが、本人の希望でしばらく実家に戻ることになったと聞いている。

「外出は自由ですか？」

「もちろんだ」

マリウスは苦笑いし、ただし出かけるなら一言言ってくれ、と付け加えた。

「殿下。私をオルストンから除籍してください。もうされてるかもしれませんが」

「オルストン侯爵が君を取り戻そうとしているらしい。王家とカヴァラス公爵家が盾となろう。あるいは君に新しく公爵位を与えれば、面倒ごとも減るかもしれないが……」

「貴族位などはもう、煩わしいだけです」

ヨアンが首を振ると、シルビオもそれ以上は薦めずに「そうだな」と頷いた。

侯爵が自分と接触を持とうとしていると聞いても、心が動くことはない。幼い頃には確かに愛情を与えられたのだろうが、もはや前世以上に遠い記憶だった。

聖獣の契約者というだけで身分は保障されるので、爵位にこだわる貴族たちも文句はないはずだ。

その後もいくつか情報交換をし、ひとまず事態が落ち着くまでは王都を離れないことを約束して話を終えた。

二人を見送るために席を立つと、マリウスが振り返って部屋の奥へ視線を投げる。

少し離れたソファでは、会談中からずっと気配を消してベノアルドが読書をしていた。話に加わってこないのは、まるごとヨアンの判断に任せているからだ。もしこちらが不利になりそうだったなら、すぐに割り込んできただろう。

マリウスは視線を戻し、ヨアンをじっと見つめた。

「ヨアン。俺はおまえの幸せを願っている」

「……はい。マリウス様。私も同じ気持ちをお返しします」

ヨアンにとってマリウスは家族以上だ。彼がいるからアレイジムに残ると決めたようなものなので、王国にとってもマリウスの価値は上がったことになる。それが少しでも彼の力になるなら、ヨアンはマリウスにだけは利用されてもかまわなかった。

マリウスは優しく微笑むと、まるで子どもにするようにヨアンの頭をぽんぽんと撫でた。そして背後に向けて深く一礼をする。

立ち去るマリウスの背が扉の向こうに消えると同時に、ヨアンは背後からベノアルドに抱きしめられていた。

「あの男は？」

「幼馴染《おさなじ》《なじ》みです。マリウス様だけは、ずっと俺の味方だったので……」

「なるほど。やはりあれが、二人のうちのもう一人か」

一人はメナールだと察しているようで、ベノアルドは納得したように頷《うなず》いた。再契約の日からマリウスに気づいてはいたようだが、邪念はないからとあえて問い質すことはしなかったらしい。

「おまえが大切だと思う者なら、私も気にかけておこう」

「ありがとうございます」

家族に似た愛情をベノアルドも認めてくれたようだ。感謝のキスを送ると、男は晴天の瞳《ひとみ》を愛しげに細めてヨアンの体を抱き上げた。

聖獣の契約を奪った張本人である神殿長は死亡し、エニスは自失したまま意識が戻る気配はない。

魔法の神髄に触れたい――神殿長はそう言ったというが、実際に契約を奪うに至った背景はわからないままだ。

けれど誰がどんな思惑を持とうと、自身の油断が一番の原因だろうとベノアルドは言う。

「ディエルとの契約が、私をこの地に因縁づかせた。おまえの未練を掴み、封じられたとはいえ伴侶《はんりょ》の関係もある。いずれ輪廻《りんね》の巡り合わせが訪れるときを、この地で待つ他なかった」

ベノアルドはあの後、ディエルを害した者や手助けした者たちから祝福を取り上げたという。彼らを唆した隣国にも報復したことで、周辺諸国はしばらく大荒れだったようだ。ただしベノアルドは、ディエルが最後まで気にした罪なき人には手を出さなかった。あの集落にも、素直にディエルに感謝する者たちはいたのだ。

そうした彼らが再び集まって、徐々に秩序は取り戻されていった。

アレイジム王国史に建国王の他『一人の騎士』の存在が刻まれているのは、彼らがディエルを忘れないためにと戒めた結果なのかもしれない。

「しばらくは様子を見ていたが、周囲がどう変化し発展しようと知る必要もないことだ。契約は続いているのだから、継承の必要もない。だが王家との関わりがないことで、実態を疑う余地が生まれたようだな」

平常時であれば、たとえ眠っていても聖獣に近づくことはできない。

だがあのときは、世界を渡ったことで膨大な聖力を失ってしまっていた。

「俺のせいですね……」

「いいや。あれもまた、私が禁を犯したものだ。小さなおまえが毎日泣いている姿に、胸が痛んで仕方がなかった」

ベノアルドは『彼』の転生をずっと見守っていた。魂の繋《つな》がりを通して見るだけなら、それほどの力は使わないらしい。問題は、神の庇護《ひご》が及ぶ領域を越えて、まったく別の世界に干渉することだった。

愛情が欲しい、と泣く少年は、誰かの宝ものになりたいと切なく願ったディエルを思わせる。ともに綴《つづ》った日記の形で成立した契約には、二人の信頼と慈愛の歴史が刻まれていた。少年を慰めるため、ベノアルドは無理をしてでも分けてやりたかったのだという。

「何度も見ていた。どの世界でも迷い悩み支えられ、幸福を感じるおまえを。そういえば魔素のない世界ばかりだったな」

「嫉妬《しっと》はしなかったんですか？」

「しないわけはない。だがこれが私の罪なのだと思った」

彼はディエルに嘘をついて契約したことを気にしていた。けれど後悔だけはしなかった。失う以上の後悔はない。ディエルの未練は、ベノアルドにとっての希望だった。

嫉妬はしても、どの生でも彼の幸福を願った。せめて心安らかに輪廻を巡ってほしいと願うから。それでも一人待つばかりの自分が寂しくて、覗《のぞ》き見るのは数十年おきに数日程度。以前の聖獣がほとんど眠っていた理由はこれだったたようだ。

「……俺は過去を見ただけで、ディエルになったわけではなくて……。思い出すといっても断片だし、その、他の人生なんて、まったく……」

「かまわない。私はヨアンだから愛おしいと思う」

腕に抱いたヨアンのこめかみにキスをして、ベノアルドは慈しむように微笑んだ。

「性格も考え方も環境により変わるものだろう。だがおまえの心はいつも逞《たくま》しかった」

どの人生も同じものはなく、けれど変わらない共通点を見つけると愛しさが増す。ベノアルドはそうしてずっと、一つの魂を見守り続けてきたのだ。

「今のおまえの声で、私の名を呼んでくれ」

名前を呼ばれたがるのも、契約を保つためだけではなかったのだと気づく。

一方的に見守るだけだったベノアルドのもとに、ようやくヨアンは還《かえ》ってきたのだ。

「ベノアルド様……」

「目覚めたときはベノアと呼んでくれたのに」

「あ、れは、だから、夢と混乱して……っ」

ヨアンの言葉遣いはもうだいぶ以前から崩れているのだが、ベノアルドはそのほうが好ましいと言う。けれど過去を知ってもヨアンはヨアンで、強いて言えば前世の少年から地続きかと思う程度だ。

「他人行儀だな……」

「た、他人では!?」

ベノアルドがとても悲しそうな顔をするのだが、ヨアンはどう答えていいかわからない。ずっと身の程知らずだと思っていたから、ここに至ってもまだ実感が伴っていないのだ。

狼狽《うろた》えるヨアンにベノアルドは意味ありげな笑みを浮かべ、その唇で撫《な》でるように耳をくすぐった。

「私の伴侶がつれないことを言う。……では、ひとつになろうか」

ベッドに運ばれる間も、愛しくてたまらないと見つめられる。羞恥《しゅうち》のあまり、肩にすり寄るように身を竦《すく》めて反射的に逃げようとするが、すぐにつかまってしまった。

「ひ……」

顔を隠せば機嫌よく笑われた。

ヨアンを抱えたままベッドに座ると、ベノアルドは「顔を見せてくれ」と耳元で囁《ささや》いた。その乞《こ》うような声に、切ないほどの愛しさが溢《あふ》れ出す。

顔を上げたヨアンは、ベノアルドと視線を合わせながら形のよい頬に指先で触れた。大きな手が重ねられて、深く口づけられる。熱い舌が歯列をなぞって口内を舐《ねぶ》り、唾液《だえき》を交換するような激しさに背筋がじんと痺《しび》れてしまう。

ヨアンはすっかり夢中になって、ベノアルドの頬を何度も撫でて縋《すが》りついた。男がふっと吐息のように笑ってみせるのさえ、心地よい快感だった。

(ああ……本当に、俺がこの人の伴侶になったんだ)

許される関係ではなく、互いに求め合う関係。

それでいいんだとキスをせがめば、望む以上の強さでむさぼられる。もっと、と強請《ねだ》るヨアンの首筋に吸い付きながら、服を乱したベノアルドの熱い手のひらが肌を撫でまわす。剥《む》き出《だ》しになった胸の尖《とが》りをつまんで弾き、舌で転がすように愛撫《あいぶ》されるとぞくぞくと腰が痙攣《けいれん》した。

「ん、ん……っ」

「ヨアン」

ベノアルドは体中にキスをしながら、角度を変えるたびにヨアンの顔を覗き込んだ。目を離すなと言われているようで、彼の瞳を見るだけでどんどん熱が煽《あお》られる。

「ああ……っ」

ヨアンの陰茎に男の端整な顔が近づいて、見せつけるようにゆっくりと口に含んでいった。悶《もだ》える腰を押さえつけ、後孔には深く指が潜り込む。

「あっ、だめ、どっちも……！」

同時に前と後ろを刺激されて、痺れるような快感に背が反りかえる。

浮き上がる腰は逃げるようでもあり、男に押し付けているようでもあった。逃げれば追い、求めればより執拗《しつよう》に。熱い粘膜に包まれて強く吸われ、竿《さお》を丹念に舐《な》められると、ヨアンの若い体はあっという間に高められてしまう。

「あーっ！　あ、や！　い、くぅ……っ！」

がくがくと腰を震わせて吐精するのに、まだ離してもらえない。同時に奥の感じるところを硬い指先で捏《こ》ねられて、追い打ちをかけるようにまた絶頂した。

くたりと全身の力を抜いたヨアンから一度離れて、上体を起こしたベノアルドが自身の服を脱ぎ捨てる。広い肩と分厚い胸板。筋肉の陰影も濃く、均整の取れた美しい体だ。

この完璧《かんぺき》な存在に愛されている。ヨアンはこくりと息を飲み込んで、そうっと男に手を伸ばした。

ベノアルドは微笑んで手を取ってくれる。背中を抱かれて持ち上げられて、汗ばんだ胸がぴたりと触れあうのが幸せだった。逞しい肩にキスしながら何度も背中を撫でていると、まるで咎《とが》めるように耳たぶを齧《かじ》られる。

「止まらなくなるぞ……」

「あ……っ」

ベノアルドはヨアンの尻《しり》を鷲掴《わしづか》んで持ち上げると、再び後孔に指を差し込んできた。広げるように内側を掻《か》きまわして、向かい合う形でゆっくりと降ろされる。

「あっ、ふか、く、なる……っ」

「大丈夫。気持ちがいいだけだ」

そう囁かれ、ずずっと内壁を擦りながら、深いところに男の熱が沈み込んだ。

ヨアンは目が眩《くら》むような快感に嬌声《きょうせい》を上げて、大きな体にしがみついた。

迎え入れた奥が、歓喜に疼《うず》いている。男の腕に閉じ込めるように抱きしめられて、硬い腹筋に擦られた陰茎からはしとどに先走りが溢れていた。

「ああ……っ、おく、おく……っ」

下から突き上げ揺らされて、ヨアンは強い快感に背を反らせながら泣き喘《あえ》いだ。カサの凹凸もわかるほどみっちりと埋め込まれ、敏感な襞《ひだ》を深く抉《えぐ》りまた強く押し込まれる。一突きごとに体の奥から湧き出る熱が、指先まで快楽に染めていく。

（溺《おぼ》れそう）

もがくようにベノアルドの髪をかき乱し、ヨアンは男の唇に吸い付いた。舌を絡ませ吐息を交換しながら、もうこの人なしでは息もできないと思う。

ベノアルドがヨアンの左肩に歯を立て、慰撫《いぶ》するように何度も舌を這《は》わせた。

腰を掴《つか》む指の力は強く、きっと痣《あざ》になるだろう。その余裕のなさと耳に吹き込まれる荒い息遣いが、確かに彼も感じているのだと教えてくれる。

激しくなる動きに翻弄《ほんろう》されて、ヨアンは何度も絶頂を繰り返した。

「あ……っ、ああ……っ」

「……っ、ヨアン……！」

男の長い吐精の間にも、ひくつく体は簡単に昂《たかぶ》ってしまう。さらなる官能を誘うように背を撫でるベノアルドに、ヨアンは心が深く満たされていくのを感じていた。

体を繋げるのははじめてではないのに、ようやく結ばれた気がしたのだ。

「……ベノア……」

名を呼ぶと、ベノアルドは熱のこもった眼差しでヨアンを見つめた。その頬に自分の頬をすり寄せれば、背を抱く腕に力がこめられる。

ずっとこうしていたい。けれど彼としたいことは、まだ他にもたくさんあるのだ。

「落ち着いたら……、旅に、出ましょうか」

「旅に？」

「はい。風を送るというのを、見届けたいなと思って。俺が一度、契約を破棄してしまったから……」

「ヨアンが気にすることはない」

「罪悪感だけ、でもなくて」

ヨアンは両手でベノアルドの頬をそっと包み込んだ。

ディエルの願いはヨアンの願いで、彼が望んだように、ヨアンもベノアルドには自由であってほしかった。

「鳥のように空は飛べないけど、ベノアルド様が大地を駆ける姿は見たいです」

「では私の背に乗せてやろう。ようやく巡り合えたのだから、離れるのはまだ早い。ともに駆ければいいだろう？」

愛しげに目を細めるベノアルドに頷《うなず》いて、ヨアンは「約束ですよ」とその唇にキスをした。

祝福の風を追いながら、旅する隣には彼の大好きな宝もの。

それはきっと美しい景色が見られるに違いない。

番外編　その後の日常と愛情

アレイジム王国で聖獣の新たな契約者が公表され、二か月ほど過ぎた頃。ヨアンたちのもとを訪れる神官長の姿があった。

「お部屋の修繕が終わりました。内装はこれからですが、ご希望はございますか？」

焼けてしまったベノアルドの部屋が完成間近となり、仕上げの相談にやってきたのだ。これまでも報告のたびにいろいろ聞かれてきたが、こちらには特にこだわりがない。

「内装……たとえば？」

「調度品のブランドですとか、カーテンやカーペットのお色など」

「ブランドはくわしくないですし、奇抜なものでなければ俺はなんでも……」

「ああ、ヨアンの好きなように」

隣に腰かけるベノアルドを窺《うかが》うが、答えは毎回変わらない。彼の場合はこだわりがないというよりも、ヨアンの好みであるべき、というこだわりがあるらしい。それならヨアンも同じだが、問答になると負けるので自分が考えるしかなかった。

「なるべく以前に近いもので。あと、色は……。聖獣様は、好まれる色はありますか？」

聖獣の名は、聞く者によっては音だけでも力になる。人前では名を呼ぶのを控えながら、ヨアンはせめてこれだけはと、ベノアルドに好きな色を聞いてみた。

「色か、そうだな……」

ヨアンに委ねきりのベノアルドだが、色と聞いてふと口元をほころばせた。

「翠《みどり》」

「みどり？」

「ああ、美しく透明な翠がいいな。ヨアンはどうだ？」

ひたむきに見下ろす晴天の青に見惚《みと》れてしまう。ああ好きだなと思うと同時に、彼が見つめるのがヨアンの瞳《ひとみ》だと気づいて、かっと顔が熱くなった。

「あ……っ、あ、あの、俺は……」

青が好き、と言いかけて口ごもる。神官長もいるこの状況で、言えるわけがない。

「……その、それで、お願いします……」

「はい。承知いたしました」

神官長は顔色も変えずに頷《うなず》いたが、このやり取りの本音はしっかりと把握されていたらしい。

後日完成した部屋のトーンは上品な緑系でありながら、調度品を飾る宝石はアクアマリンの美しい青。装飾以外は以前とほぼ変わりない家具が揃えられたが、ベッドだけは一回り大きくなった。

あまりに見え見えすぎたかと、いたたまれなさに襲われてしまったのは自業自得だろうか。

「……本棚が寂しいですね」

「すべて焼けてしまったからな」

気を取り直して部屋を見回せば、やはり気になるのは空の本棚だった。

「大切な本はありませんでしたか？」

「いや。ヨアンが選んでくれた本を読みきれずにいたことだけは悔やんでいるな」

「あ、あれは……」

ただの大衆小説なので、惜しむほどのものではない。神殿図書館の蔵書の中でも、重要度が低いものだ。ベノアルドは何かとヨアンを気遣ってくれるが、こんな些細《ささい》なことでは嬉《うれ》しさ以上に気恥ずかしさが勝ってしまう。

（そういえば、一緒に本を選びたいと思っていたんだ）

ふと思い出して、ヨアンは本棚から窓の外へと視線を投げた。

聖獣を縛るものはなく、ベノアルドは自由に外へ出られる。どちらかが選ぶのではなく、彼の意見も聞きながら——。ディエルとも、そうして相談することがあっただろうか。あの頃の二人は今よりずっと対等だったから。

（そうだ、そうしよう）

ヨアンはくるりと振り返って、ベノアルドを見上げた。

「ベノアルド様、一緒に本を探しに出かけませんか？　まだ遠出はできないけど、王都にも書店や貸本屋がありますよ」

「ああ、それはいいな。ぜひ行こう」

勢い込んで提案したヨアンを見つめ、ベノアルドはとても嬉しそうに微笑んでくれた。

ベノアルドと初めての外出。今ならいつでも行けると計画を立てようとしたら、狙ったかのように次から次へと来客予定が埋まってしまった。

神官長の用件はベノアルドの服飾や身の回りで必要なものの確認。そちらはともかく、神殿騎士団隊長は警備編成などと言って、頻繁に同じような顔ぶれの騎士を連れてくる。

各所ごとの監督責任権を持つのは神官だ。そっちに確認してくれと何度言っても、隊長は毎回ヨアンたちのもとを訪れた。しかも紹介されるのは貴族騎士ばかり。実家から強く言われるのか、彼らはどうにか聖獣の目に留まろうと必死らしい。十角紋のヨアンも対象で、今は神殿内の移動中にも愛想よく声を掛けられる。

王宮神殿の外であれば王家やマリウスが防波堤になるが、内部ではそうもいかない。ベノアルドが圧をかけるため、入室できる者が限られるのは唯一の救いか。ヨアンはいつも彼らの近況報告だけ聞いて、早々に追い出している。

その次にやってきたのはメナールだ。

彼に関しては、マリウス経由で連絡をもらってから待ち望んだ再会だった。

「メナール！　元気そうでよかった」

「ありがとうございます。ヨアン様も……あのときは想像もできなかったことですが、またこうしてお会いできて光栄です」

丁寧に敬礼するメナールに近づき、ヨアンはふるふると首を振った。

「そんなによそよそしくされたら寂しいよ。俺を助けてくれたのはメナールとマリウス様だけ。恩人だと思ってるんだ」

「恩人などと」

恐縮するメナールを見つめ、ヨアンは控えめに提案してみた。

「じゃあ、友人。……それなら、どうかな」

「もっと光栄すぎますよ……」

照れくさそうに笑いながら、今度は彼も頷いてくれた。ベノアルドも警戒を解き、二画紋のメナールが萎縮しないよう気配を抑えてくれている。

「しばらく実家に戻ってたんだって？」

「はい。恐れ多くもカヴァラス公爵家のご紹介で、我が家の工房と契約を結んでくれる商会がありまして。手伝いで慌ただしくしていました」

メナールの実家は鍛冶屋《かじや》を営んでいる。ヨアンとの関係を考慮して、マリウスが気を回してくれたようだ。とはいえいくら公爵家の紹介があっても、粗悪な品では認められない。工房は丁寧な仕事をしているのだろう。

そう言うとメナールは喜び、「父は機能性にこだわるんですよ」と誇らしそうにしていた。

「ヨアン様のほうはいかがですか？　伺うまでもなくお忙しいのだとは思いますが」

「本当に忙しかったのは一か月くらいかな。王家との話し合いや国外への発表……それ以降は、諸々落ち着くまで動かないでほしいと言われてるだけで」

「十角紋を持つ契約者の評判はイングル領にも聞こえてきますよ。こちらではさらにエニス様の件もありますが、伯爵はエニス様の独断ということにしたいようですね」

「ああ、無関係だと訴えがあったらしい。でも学生の身分で神殿入りまでするんだから、まったく知らないは通らない。聖獣様を害する計画に関与したとして、なんらかの処分はあると思う」

イングル伯爵は領内でも評判が悪いので、メナールも当然といった表情だ。

「なかなか落ち着きませんね」

「そのあたりは話を聞くだけだからまだいいよ。問題は神殿内で……」

「ああ……」

想像できるのだろう。メナールは苦笑いで頷いた。ヨアンには今、こういう話ができる相手がいない。メナールの反応に励まされて、少し愚痴っぽく言ってしまう。

「メナール、戻ってくるつもりはないか？　メナールが神殿長になればいいよ」

「とんでもない！　平民出身の若輩者ですよ」

「関係あるか？　それに信頼できるのはメナールしかいないから……」

「もったいないほどのお言葉ですが、神官は職務に忠実なだけですし、神殿騎士も……貴族のしがらみはあるようですが、怠慢なわけではありません。平民騎士たちも、以前は肩身の狭い思いをしていましたが今は違います。彼らを信頼しないというのも気の毒ですよ」

「……メナールは俺よりずっと大人だな」

「いえ、そんな。他人事だから言えるだけです」

はあ、とため息をつくと、寄り添って座るベノアルドがそっと頭を撫《な》でてくれた。この件でまじめに彼に相談すると「ヨアン以外に首長が必要か？」となるので、にこりと微笑み返すに留めている。

「神官長が神殿長になるならいいかな」

「そうですね……いえ、私が判断できることでは」

「メナールはこの先どうするんだ？」

彼が神殿騎士になったのは、実家のための準備金目当てだった。そちらが持ち直したなら、そのまま家業に戻ってしまうのだろうか。

「実は、マリウス様からもぜひ神殿騎士にとお声がけをいただいてるんです。ヨアン様のお力になってほしいと。私などがどんなお役に立てるかわかりませんが、少しでもヨアン様のお手伝いができればと……」

「メナール！」

「家族も名誉なことだと、あ、もちろん名誉が理由ではなく。いいのだろうかと迷う私の後押しをしてくれました」

「メナールの家に迷惑がかからないように支援するよ！」

「それはもう、十分すぎるほどにいただいてますよ」

大喜びするヨアンに困ったように笑いながら、メナールは「お二人のために微力を尽くします」と頭を下げた。

メナールの復帰が決まった翌日は、シルビオ王太子殿下が神聖堂を訪れた。

シルビオは政務の合間を縫って、息抜きがてらヨアンと親交を深めようとやってくる。彼に一片の打算もないとはいわないが、立場上当然だし悪意は感じない。ヨアンに向かう様々な思惑の受け皿にもなってくれるので、こちらも敬意を持って対応するようにしている。

「そろそろ王都くらいには出かけたいと思ってるんです」

「うん、かまわないんじゃないかな。当初は十角紋の契約者ということで想像以上に盛り上がったが、今はだいぶ落ち着いてきたらしい」

国外は戦力バランスの懸念で騒然とし、国内は王国の安寧を期待して湧きたった。ヨアンがお披露目の式典で白狼の姿をした聖獣とともに現れ、「アレイジム王国のために」と発言したことが大きな話題になっている。

「マリウスに言うといい。あとでこちらに来させよう」

息抜きの名目で来るとき、シルビオはマリウスをつれてこない。護衛騎士が一人、部屋の外で控えているだけだ。

「それと、これはあまりおもしろくない話だが。君が家門と絶縁していることを承知のうえで、侯爵から『オルストンの血を引くヨアンに侯爵家を継がせたい』という主旨の嘆願書が届いている」

ベノアルドが興味を引かれたように顔を向け、ヨアンは首をかしげた。縁が切れたのに継がせたいとは、どういう意味だろう。

「……つまり？」

「本家に後継ぎがおらず親族から迎えるなど、よくある話だろう。つまり養子入りさせたい、ということだね」

「はあ……」

本家には兄のアルビーがいるはずだが。

オルストンの価値は多角紋に集中する。五角紋と十角紋では比ぶべくもない。ヨアンが正統なオルストン直系であるために、どうしても諦《あきら》めきれないようだった。

「受け入れるつもりはありませんが、回答は保留にしておいてください。断れば、また別の要求があるのでしょう」

「おそらくね。わかった、留めておこう」

シルビオが退室していき、ふうと肩を落とす。ヨアンの沈む気持ちを察したのか、ベノアルドが腰を抱き寄せこめかみに口づけた。

「家門の地位は高いのだったか」

「……多角紋を多く輩出し、武力で功績を上げてきた家です。辺境にも土地があり、王国の守護といわれ……。十角紋を望むのは理解できます。兄が継ぐまでこれが続くんでしょうね。早く諦めてくれることを祈るしかありません」

「おまえが望めば、家門を取り潰《つぶ》すことも可能だろうに」

ベノアルドの提案にぎょっと目を剥《む》く。大本を断てば簡単だが、そこまで大げさな問題にするつもりはない。

「さすがにそれは……。養育費をかけてもらったのは事実ですし、捨てられたも同然とはいえ、罪状があるものでもないので……」

「未練があるのか？」

「いえ、それはないです」

「……おまえは思い切りがいいな」

そこはきっぱり否定すると、ベノアルドが目を丸くする。ふっと笑う様子が呆《あき》れたように見えて、ヨアンは焦ってしまった。

「それは、その……前世の、あの頃の記憶や価値観が強く出ているから……。貴族制度なんてなかったし、今の家族は紋なしがわかってから滅多に会う機会もなくなって、それで……」

「なぜ恥じる？」

早口に言い訳するヨアンに、ベノアルドは不思議そうに目を瞬く。宥《なだ》めるように髪を撫でられて、う、と言葉を詰まらせた。

「……情がないと、思われたのでは……。ディ、ディエルは、人を見捨てなかったから……」

「私はディエルを十角紋でしか見ない人間など、見捨ててほしかった」

その言葉に小さく疼《うず》くような胸の痛みを感じ、ヨアンはベノアルドを見上げた。

「情がないのではなく、情があるから傷つくのだろう」

「は、い……」

晴天の青が惜しみない愛情を伝えてくれる。甘えるようにそっと身を寄せれば、ベノアルドの腕が優しく包み込むように背中へ回された。

◇◇◇

その後やってきたマリウスに王都へ出かけたいと伝えると、二つ返事で了承が返された。

「供を連れていけ、と言いたいところだが、聖獣とおまえがいて何かあろうはずもないか」

「逆に目立ってしまいますよ」

ベノアルドの人の姿を知る者は限られるが、王族と並んでも遜色《そんしょく》ない派手な存在感をどう隠そうかと悩むほどだ。供など連れては気儘な散策などできるはずもない。式典ではヨアンも姿を見せたが、一般客の立ち入りは制限されていたし、遠目からでは目鼻立ちなどわかりはしない。

「まあ、デートというなら野暮だしな」

「でっ、マリウス様！」

「はは。視界に入らないように騎士を配置する。万が一のことがあれば声をかけるように」

それからすぐにマリウスは勤務時間を調整したようで、翌日には第一騎士団から騎士が三人派遣されてきた。一応ヨアンにとっての同僚だが、エリート中のエリートが三人も、と恐縮するしかない。

「すみません、たいした外出ではないんですが……」

「謝らないでください。聖獣様と契約者殿を直接お守りする栄誉をいただき光栄です」

彼らは再契約の現場にも立ち会っていたと言い、あらためてこの国に残る選択をしたことに感謝を伝えられた。

「王都ではご自由にお過ごしください。気配を煩わしく感じるかもしれませんが、姿を見せることはありません」

「よろしくお願いします」

顔合わせを終えると、馬車で王都の中心街まで向かった。貴族の邸宅があり平民も多く暮らす王都だ。町に出れば商店にカフェや劇場と、あらゆる施設が建ち並ぶ。周辺地域からも人が集まり、いつ来ても活気にあふれた町だ。

行き交う人波を眺め、馬車を降りたベノアルドはヨアンに問いかけた。

「何か祭りでもしているのだろうか」

「普段からこのくらいの賑《にぎ》わいですよ」

千二百年前、この地は小さな集落から始まった。ベノアルドがディエルの名を受け取ったことで、正式な契約が結ばれ祝福の範囲も広がったのだろう。森は開拓され人の住む土地が増え、いつしかアレイジムは大国といわれるまでに成長した。その間ベノアルドは外の世界を見ていないので、王宮のお膝元《ひざもと》である王都の町並みさえ知らないようだった。

「ヨアンはよく来るのか？」

「学生向けの店も多いですから。生活必需品に資料など、必要なものは全部ここで揃《そろ》います。余暇を楽しむ者もいますが、俺はあまり娯楽施設の類は知らなくて……」

興味深げに周りを眺めるベノアルドに目を細める。騒がしい日常風景の中で見る彼の姿は、とても違和感がありとても新鮮だった。見慣れたつもりでもまったく慣れず、どきどきとしてしまう。

「――素敵な殿方……」

「――どちらの領地の……」

「あの！　ひとまず、こちらへ」

そう思ったのはヨアンだけではないらしい。注目が集まりはじめたことに気づいて、ヨアンは慌ててベノアルドの腕を引いた。若い女性を中心に、足を止めて見入る人までいる。

目立つ彼をどう隠すかと悩んだが、悩むだけ無駄だとメナールにも断言されてしまった。隠せるはずがないので、開き直って堂々とお忍び貴族風の装いで来ることにしたのだ。堂々とお忍び、というのも矛盾ではあるが。

ヨアンが従僕の服を着ることはベノアルドが反対したため、こちらは一般的な騎士服で護衛兼案内人の役割だ。家門の紋章を外すことで、お忍び貴族の演出にも一役買っている。

「貸本屋ではなく書店に行こうと思います。興味のあるものは買って、かさばるようなら届けさせましょう。他にも気になる場所があれば言ってください」

「ヨアンがよく通った店はどこだ？」

「俺は、本当に、日用品とか……そんな、楽しめるような店は」

「物を買うためではない。ヨアンが見た景色を私も見てみたい」

「……」

また心臓がきゅうと切なく疼いた。ヨアンがベノアルドと本を選びたいと思ったように、彼もヨアンと出かけることを喜んでくれている。彼はいつもヨアンの意思を尋ねて委ねるばかりだけど、ディエルに人を見捨ててほしいと願ったように、ヨアンにも何かを求めてくれるだろうか。

「では……一軒ずつ、順番に。ちょうど学園からの通り道でもあるので……」

「ああ、ゆっくり行こう」

そうは言ったものの、学生が利用する店は場違いすぎて、ほぼ案内だけで素通りしてしまった。だいぶ歩いたからカフェで休憩でもと考えたが、ここでも非常に目立った。あまりに堂々とした態度のベノアルドに声をかける者こそいないものの、もはやパレードを率いるような心境だ。マリウスはデートなどと言ったが、そんな甘い雰囲気を感じたのは最初だけだった。

「……ここがマルセリオ書店……、幅広いジャンルを扱う有名店です。私も学生時代に利用したことがあります」

若干の疲労を感じながら説明する。ようやく目的の本屋に辿《たど》り着《つ》いた。

「ヨアンはどんな本を読む？」

「学園の図書館や貸本屋にない資料を探すだけでした。それ以外で本を読む習慣がなくて。あの、鳥以外の本……でしたか」

「そうだな。いつもはどのように選んでくれている？」

「以前は鳥の描写があればなんでも……。そこに物語性があると読み進めるのも楽しいかなと、あらすじを読んでおもしろそうなものを」

「冒険や勧善懲悪の英雄譚《えいゆうたん》が多かったな」

「あ、そう、ですね。それは、前世の影響かもしれません。あちらでは魔法は空想上のもので、憧《あこが》れ……というか、わくわくするものなんです」

「ほう」

意識はしていなかったが、ジャンルが偏っていたらしい。前世の少年も本を買うような余裕はなかったが、家にテレビはあった。冒険ものやヒーローアニメばかり見ていた記憶だ。

「ヨアンがしたいことではなく？　この世界に魔物はいても、魔王はいない」

「えっ、そんなことは考えてません。俺はここでベノアルド様といられれば……。あの、一緒に出かけたりは、したいですけど……」

「ふ」

するりと頬を撫《な》でられて、周囲からいくつも息を呑《の》むような動揺が届いた。中までついてくる者は少ないが、店内にも多くの客がいる。ヨアンはここでも慌ててベノアルドの背を押した。

「あの、では、どんなものを探しますか？　娯楽小説以外だと、歴史や芸術、大陸紀行……」

「ヨアンとともに読めるものがいいな」

「お、俺ですか。うーん、芸術はあまり……。歴史も、ベノアルド様が登場しないのであれば、そんなに……」

「やはり物語が好きか？」

「前世の世界ではいろんな方法で物語が見られて、とにかく豊富で身近なものだったんです。それらに触れている間は、いやなことも全部忘れて没頭できるんですよ」

「ヨアンがそちらに没頭すると、私が寂しくなってしまうな」

「え、ええー……。そうですね、それなら大陸紀行……。そういえばベノアルド様の祝福範囲は隣国まで及ぶんでしたね。もっと遠くの国には赤い獅子《しし》の聖獣が……クロネス帝国のことかな」

「それは私の姉だな」

「えっ、姉君！」

本探しの時間は思いのほか盛り上がった。聖獣はみなきょうだいと聞き、ヨアンのほうが興味を持ってしまったのだ。大陸紀行と世界の歴史、聖獣伝説に創世記。創世記はパラパラめくったベノアルドが間違いだらけだと指摘したが、史実をモチーフにしたパロディなどよくある話だ。物語として楽しめますと言えば、ベノアルドは少し複雑そうにしながらも、「没頭して私を忘れないでくれ」と微笑んでいた。

そうしていくつかシリーズで揃えることを決めると、当然抱えて持ち帰るわけにはいかない。店員を呼ぼうとあたりを見回したところで、タイミングよく近寄ってきた店員、の格好をした騎士にぎょっとする。店に話はついているようで、希望を伝えると手配しておきますと引き取ってくれた。

「ベノアルド様、お疲れでは……なさそうですね。食事の予約をしてくれてるそうなので、向かいましょうか」

「ヨアンは疲れていないか？」

輝いてさえ見える男の微笑みに疲労の色はない。本物の空よりあたたかい晴天の瞳《ひとみ》は、本を選ぶときもずっとヨアンを見つめていた。没頭していなければ、羞恥《しゅうち》に耐えきれないほどだ。人目があるからなおさらだったが、貸切のレストランでも落ち着ける気がしない。今日はあらゆる意味で耐性をつける訓練の日だなと思い込むしかなかった。

「大丈夫で……」

返事をしながら店を出たところで、目の前に迫る大きな火の玉に硬直する。

「キャ――!!」

どおん！　と派手な音が響くも衝撃はない。気づけばベノアルドに抱えられ、足下には騎士たちに押さえつけられ男が這《は》いつくばっていた。

「放せ俺を誰だと……！」

「兄上!?」

丸い体と憎悪にギラついた目。思わず呼びかけたが、縁の切れた元兄、アルビー・オルストンだ。まさかの人物にヨアンは唖然《あぜん》とする。五角紋が王都の中心街で攻撃魔法を放つなど、一歩間違えば大惨事では済まない。ヨアンは魔法の扱いに慣れないが、ベノアルドが造作もなく無効化したおかげで被害はないようだ。

とはいえ許されることではない。オルストンの嫡男としては致命的な行動といえる。結果的に呆気《あっけ》なく収束したことで、好奇の視線を集めていることも問題だった。

ベノアルドからも激しい怒気を感じるが、聖獣の圧力は周囲の人に影響してしまう。なんとか堪えてもらい、じたばたもがくアルビーへ向き直る。

「兄上、なぜこんなことを」

縁を切ったとはいえ、この場で彼の名前を呼ぶのはまずい。そんなヨアンの気遣いも、アルビーには関係ないらしかった。

「気安く呼ぶな！　オルストンの情けで生かされていただけの面汚しが！」

「あー……」

自分の認識の甘さに気づいて、ヨアンは途方に暮れる。肝心のアルビーに、これが問題行動という自覚がない。

騎士から「連れていくか」と視線で問われるが、アルビーはなおも声高に騒ぎ立てている。十角紋の契約者は家門のない無名の騎士だが、式典でヨアンに気づいた者は多い。市井でも顔は知らずとも契約者の生い立ちは有名な話で、野次馬からも「オルストン？」「聖獣様の？」などと聞こえてくる。もはや手遅れだった。

「父上の計らいで幸運にも！　貴様が神殿入りすることになっただけで、オルストンの次期後継たる俺こそが十角紋を得るにふさわしいだろうが！」

計らいはあったが、断じて兄弟を天秤《てんびん》にかける類のものではなかった。ヨアンが契約したのは偶然でも幸運でもない。転生先の器と考えれば偶然といえるが、もしアルビーとして生まれたなら、その彼が紋なしになるだけだ。

「家門は関係ない……」

「偶然手に入れただけの幸運を振り翳《かざ》して図に乗りやがって！　父上もまるでおまえの功績かのように……！」

「侯爵が？」

オルストン侯爵がヨアンを認めたと聞いても、心は動かなかった。侯爵は過去ヨアンをどう扱ったかではなく、多角紋に価値を見るだけだ。彼には名門オルストンを守る責務があるのだとわかっていても、ヨアンは家族の愛情が欲しかった。情を捨てた自分が今さら言えることではないが。

「うまく聖獣に取り入っただけのくせに……っ。顔か？　体か？　悪辣《あくらつ》なやつめ。その十角紋はな、魔物もどきが手に入れていいものじゃないんだ！」

「兄上、アルビー・オルストン卿《きょう》。それはあまりに下世話な想像すぎる。聖獣様を侮辱する発言ですよ」

「論点をずらすな、この役立たずの紋なしめ！　俺は騙《だま》されないぞ！」

何も騙してない。伴侶《はんりょ》の関係性を思えばヒヤリとする指摘だが、その行為で聖獣が惑わされると考えるのは短絡的すぎる。アルビーは賢《さか》しく糾弾しているつもりのようだが、言葉を重ねるほどに周囲の失笑は増していた。

ヨアンにはこの取り返しのつかない状況をどうすべきか、判断がつかない。ベノアルドにも迷惑をかけてしまっている。そうと思えば焦燥は増すばかりだ。もしも彼が騙されたと思うなら、それはヨアンがディエルの生まれ変わりとして期待外れだと感じたとき……。

「――聞くに堪えない」

決して大きくはないその低音に、場がしんと静まり返った。

びくりと振り返るヨアンの前に進み出て、ベノアルドは無感動にアルビーを見下ろす。

「聖獣たる私が、人間ごときに惑わされ選択を誤ったというのだな」

「！　そ、そんな意味では」

「事実なら深刻な事態だ。危険を賭《と》して警告をもたらした者には報いなければ」

「あ、は、はい！　そうでしょう、はい！」

それはまるで聞き入れるかのような言葉だ。ヨアンは身を竦《すく》ませ、騎士たちは戸惑うように顔を見合わせる。アルビーだけは我が意を得たりと大きく頷《うなず》き、ヨアンを見てせせら笑った。

「だが事実無根だった場合は……。そうだな、証明されるまで、これは預かっておこう」

「これ？」

ベノアルドが地についたアルビーの左手を踏みつける。聖獣の前に晒《さら》された五角紋が、ぼうと青く光った。何事かと注目が集まる中、そのうちの一画が崩れるように消えていく。

「ま、待って！　お、お待ちくださ……!?」

不完全な五角紋、あるいは四画紋へ。アルビーは真っ青になって、手を引き抜こうと必死にもがいた。彼に接する騎士たちも、頬を引き攣らせながら不安げに自身の左手を見下ろしている。

ヨアンもまさかの事態に固まってしまった。画数の調整ができるとは初耳だ。後日聞いたところによると、本人の素質に上限があるため増やせはしないが、祝福の風を制限して減らすことはできるのだという。

「自信があるのだろう？　すべて預かっても問題あるまいな？」

ベノアルドは聞き入れたのではなかった。静かに激怒していた。周囲の人垣が徐々に離れていくのは、聖獣の圧ではなく累が及ぶのを恐れてだろう。

「おゆ、おゆるしを……」

がくがくと震えて項垂れるアルビーから離れ、ベノアルドがヨアンのもとへ戻ってくる。茫然《ぼうぜん》と見上げるしかないその左手をすくい取り、唇を寄せて微笑んだ。

「残しているのだから、いいだろう？」

いいか悪いかで聞かれると困る。ヨアンはすっかり動揺して思考が追いつかず、常識的にはよくないのでは……と考えてしまった。

「ええと、オルストンとして、四画紋は……」

「そうだろう！　ヨアンに十角与えるくらいなら、オルストンの俺に！」

「あ、やっぱりこのままでいいです」

「ヨアン、貴様！」

我に返って前言撤回する。なぜ追い討ちをかけるのか意味がわからない。一瞬で図に乗ったのはアルビーのほうではないか。懲らしめる気持ち以上に、純粋にオルストンの行く末が心配になってしまった。これは確かに養子を迎えるべきだろう。確か親族にも五角紋がいたはずだ。

「――どっちが面汚しだ」

「――あれが侯爵家の跡取りなの？」

周囲の囁《ささや》きはアルビーの耳にも届き、真っ赤な顔でわなわなと震えている。ベノアルドを恐れて黙ってはいるが、何もかもヨアンのせいと言いたげだ。懲りた様子はない。

ようやく王都警備隊が到着すると、店員に扮《ふん》していた騎士も加わって野次馬が散らされた。警備隊に引き渡されたアルビーは、またも「俺はオルストンだぞ！」と騒いでいたが、もはや恥の上塗りでしかない。

ざわめきが遠ざかり、ヨアンは深くため息をついた。騎士から謝罪されたが彼らに落ち度はなく、むしろ自分のせいだと肩を落とす。

「申し訳ありません……」

「なぜヨアンが謝る」

ベノアルドは眉《まゆ》を寄せて不満気だが、ヨアンは元兄の非常識さを理解していなかったことを悔やむばかりだ。兄弟といえど会話する機会は滅多になく、プライドが高く意地の悪い男、という程度の認識しかなかった。知っていれば、彼が何を騒ごうと相手にしなかったのに。

「家族として恥ずかしく……」

「あれを家族と思ってやるのか。優しいな」

ベノアルドはヨアンの反省点ではなく、まるきり別の方向から褒めてきた。オルストンと絶縁したことを言っているのかもしれないが、これはそんな単純な話ではない。

「……や、優しさではなくて。血の繋《つな》がりは書面では消せないので……」

そう言ったヨアンに、ベノアルドは柔らかな微笑みを見せる。遠いいつかに少年の心を慰めた、あたたかい晴天の眼差しだ。

「人間は時に、家族を物のように扱うことがあるようだ。血の縁には物理的な枷《かせ》などない。心の縁や魂の縁こそ尊べばいい」

今ならそれができるのだから。ベノアルドの言葉に、ヨアンはある光景を思い出す。

そこでは生きられないと知ったなら、手を伸ばせばいいのだ。逃げ出して、助けを求めて、縋《すが》ってもいい。幼いディエルが、そうしてベノアルドを追いかけたように。

「さあ、食事に行くのだろう。連れていってくれないか？」

「……はい」

そして今は、ベノアルドから手を差し伸べてくれる。この程度の足止めで、予定を変更する必要はないのだと。

◇◇◇

食事を終えて神聖堂に戻ってくると、すぐにマリウスがやってきて彼からも謝罪を受けた。

ヨアンも同じ第一騎士団ではと思うが、さすがに同列では語れないらしい。ベノアルドはアルビーの処罪をヨアンの判断に委ねると言ったが、実際には口出しできる状況でもないようだった。

「魔法の強度から、ただの脅しではなく明確な殺意があったと判断せざるを得ない。聖獣の契約者を狙ったものであるうえに、目撃者が多すぎる。刑罰を曖昧《あいまい》にするわけにもいかず、廃嫡は免れないだろう」

穏便に済ませてほしい、と言ったところで世間が許さないということだ。極刑を望むなら別だが、と言われてヨアンは慌てて首を振った。

「死罪でも妥当と思われる事件だが、多角紋にとっては致命的な制裁を受けているからな……。聖獣自ら罰を下したことで、むしろ生き恥と言えなくもない」

マリウスもアルビーの紋を見たようで、罪人相手とはいえ複雑な様子だ。四画もあるのに生き恥などと大げさに感じるが、彼の反応を見ても上位多角紋からの転落は耐え難いらしい。これ以上の刑罰を求めるのは残酷だった。

オルストン侯爵は嫡男の不祥事に気色ばんだものの、顛末《てんまつ》を聞いて観念したという。ヨアンに関する嘆願書も取り下げたそうだ。そう聞くと奇妙な喪失感を覚えるのだから、我ながら甘いと思う。

だがこれはオルストンに対する未練ではない。こうして過去は思い出とともに一つずつ消えていくのかと。その感傷が、まるで罪悪感のようにヨアンの心をざわめかせる。

マリウスが立ち去ったあとも、しばらくぼんやりしていたようだ。気づけばベノアルドの膝《ひざ》に乗せられ、頬に口づけられてはっとした。

「なにを案じている？」

「えっ、あの、オルストンの行く末を……」

「そうではない。私との関係で、何か不安に思うことがあったか？」

ヨアンの感傷は、ベノアルドも敏感に感じ取っているようだった。

「……心が読めるんですか？」

いつかのように聞き返す。ベノアルドが「おまえのことをよく見ているから」とじっと見つめてくるから、ヨアンはつい視線を逸らしてしまった。はっきり言葉にされると気恥ずかしい。

「……あの」

「ああ」

言《い》い淀《よど》んでも根気強く待ってくれる。ベノアルドは決してヨアンを否定しないし拒絶しない。確信しているのに、それだけでは満足できない自分が情けない。

「その、どうしても……、ディエルと、比較してしまって……」

「ヨアン」

「わかってるんです。ディエルは確かに俺の前世で、ベノアルド様が区別していないことは。でも覚えてないことがもどかしいというか、悔しいというか。……ベノアルド様を、寂しくさせてないだろうかとか……」

「寂しいなどと感じるはずもない」

「……ディエルといて、ベノアルド様が楽しいと感じたことを俺もやりたいと思ったんです。でもそれは、貴方の思い出を消したいわけじゃなくて、俺のわがままで……。一緒に一つのものを選びたいし、何かを望んでほしいし、喧嘩《けんか》もしましたか？　俺が覗《のぞ》き見《み》たのは、ほんの一部だけで……」

呆《あき》れさせてしまうだろうか。それでも必死に言葉を重ねながら、ヨアンはふと夢で見た二人の光景を思い出す。

「ディエルがいた当時はこの姿ではなかったからな。よく話しはしたが、人のするようなことはしていない」

姿はそうだった。そのうえ今よりずっと貧しい時代だ。聖獣を狙う者も多かった。冷静になれば、日々の生活に手一杯だっただろうと想像できる。

「……でも、短くない時間の中で、共有したものはたくさんあると思うから……」

「一部と言ったが、私もディエルのすべてを知っているわけではない」

「……」

「ヨアンのことも、少しずつ知っている最中だ。思い切りがいいのに自分を責めすぎるところ、英雄譚を好み魔法に憧《あこが》れていたこと。今を生きる家族より、遠い過去の思い出を惜しんでくれること」

「……う」

なんだかあまりいい印象ではない気がする。けれどベノアルドが慈しむように目を細めるから、ヨアンは縋るように彼を見上げた。

「ディエルの面影を感じてはいるが、ディエルを探しているわけではない」

「はい……」

「ディエルと思い出話をするよりも、ヨアンと先の見えない未来の話がしたい」

「お、俺も、……俺自身が、ベノアルド様との時間を重ねていきたいです」

「私はヨアンの態度がもっとくだけてくれると嬉《うれ》しい。あの友人に接するように」

唐突に与えられたベノアルドの望みは、まったく想定しないものだった。

「え、それは。……ど、努力しま、する……」

「ふ」

気を抜くと崩れることも多いが、意識すると聖獣に対する畏敬《いけい》の念が勝ってしまう。緊張とは違うのだが、容易いようでいて意外と難しい。そういう意味では、ディエルは初対面で変わった動物と思い込んだために気安いままだった。

「ディエルの頭をこうして撫《な》でたこともなかったな」

髪をすくように優しく撫でられ、もごもご言葉を探していたヨアンは肩をすくませる。

「すみませ……、あ、ええと。自分でももう、何が気になっていたんだか……」

「謝る必要はない。他には？　気にかかることはないか？」

「な、ない、です」

「愛情は？　欲しくはないか？」

至近距離で額が触れあうほど近く見つめられ、ずくんと体が震える。それは確かな期待だった。

「……満たされたはずなのに、底なしに欲しいものだと知りました」

「私も同じだ。再び巡り合うことばかり夢想していたが、会えば片時も離れたくない。ヨアンの体温を感じながら、憂いのない笑顔が見たい。私に語りかけるヨアンの声を聞いていたい」

「あの、手加減を……」

「手加減？」

飾らず惜しげもなく伝えられる思いは、身に余るほどの愛情だ。受け止めきれずに溺《おぼ》れてしまう。歓喜に高揚しながらも小声で制止するヨアンに、ベノアルドは不思議そうに首をかしげていた。


熱い吐息を交わしながら肌を合わせ、手のひらを合わせて二人は未来の話をする。

「ヨアン。次はどこへ行こうか」

「そう、だね。これから一緒に考えよう……ベノア」

この先も、新しい思い出を重ねていくために。

あとがき

はじめまして、こんにちは、透《とおる》と申します。【祝福をもたらす聖獣と彼の愛する宝もの】を読んでいただきありがとうございます。

本作のテーマは『人外×人間』、そして『転生と再会』。典型的な異世界転生からはじまり、周囲に期待されていない主人公が、誰もが畏怖《いふ》する人外に愛される……王道、でもそれが好き。

そんな王道を私なりに組み立てた本作品は、二〇二四年に『挑戦』の意気込みで投稿サイトに公開をはじめたものです。どんな挑戦だったかはここでは割愛しますが、完結後には思いがけず多くの評価ポイントを入れていただき、感謝と幸せで心臓がドキドキしっぱなしでした。

全力で駆け抜けた連載終了後には、光栄なことに書籍化のお声がけをいただきました。イラストを小井湖《こいこ》イコ先生に手がけていただき、美しく可愛《かわい》くかっこよくイラスト化されたキャラクターたちに大興奮！　私自身にも祝福をもらったような、そんな愛《いと》しい作品になりました。

今回書籍化するにあたり、いくつか説明が足りない部分の補足や修正、全体的に細かい部分も書き直しました。担当様には的確なご指摘をいただき、とても感謝しています。投稿サイト版より整理されて読みやすくなったかな、と思いますので、そちらをご存じの方はぜひ読み比べてみてください。少し恥ずかしいですが……。

さらに書き下ろしの番外編では、本編の流れの中には入れづらかった『その後』を書かせていただきました。二人の日常は？　あの人物はどうなった？　自由に旅したい二人だけど、なかなかそうはいかない様子。そんな少し落ち着かない日常と事件、いかがでしたでしょうか。本編とあわせて、どうかお楽しみいただけますように。

最後に、書籍化に向けてご尽力いただいた担当様、制作に関わる関係者様、あらためてお礼申しあげます。そして投稿サイトで応援してくださった皆様、本作をお手に取ってくださった読者の皆様、ありがとうございます。すべてのご縁に感謝です。またどこかでお会いできたら嬉《うれ》しいです。

透

Ruby collection

祝福《しゅくふく》をもたらす聖獣《せいじゅう》と彼《かれ》の愛《あい》する宝《たから》もの

2025年5月1日　初版発行

著者　透

発行者　山下直久

発行　株式会社KADOKAWA
〒102-8177
東京都千代田区富士見2-13-3
電話：0570-002-301（ナビダイヤル）
https://www.kadokawa.co.jp/

印刷所　株式会社暁印刷

製本所　本間製本株式会社

デザインフォーマット　内川たくや（UCHIKAWADESIGN Inc.）

イラスト　小井湖イコ

初出：本作品は「ムーンライトノベルズ」（https://mnlt.syosetu.com/）
掲載の作品を加筆修正したものです。

ISBN 978-4-04-116161-6　C0093　Printed in Japan